정평공 유사

靖平公 遺事

정평공 유사

옮긴이 | 구본욱

발   행 | 2025년 5월 24일

펴낸곳 | 도서출판 학이사
출판등록 | 제25100-2005-28호

대구광역시 달서구 문화회관11안길 22-1(장동)
전화 _ (053) 554-3431, 3432   팩시밀리 _ (053) 554-3433
홈페이지 _ http://www.학이사.kr
이메일 _ hes3431@naver.com

ISBN _ 979-11-5854-570-3 93810

정평공 유사
靖平公 遺事

정평공 유사
靖平公 遺事

■ 정평공 손공 휘 홍량 진영(靖平公 孫公 諱 洪亮 眞影)

■ 정평공 묘소 - 안동시 일직면 명진리

정평공 유사
靖平公 遺事

■ 타양서원(陁陽書院) - 안동시 일직면 조탑본길

■ 정평공 유허비
- 안동시 일직면 송리리

■ 직산재(直山齋) - 안동시 일직면 명진1리

■ 혜산서원(惠山書院) - 경남 밀양시 산외면 다원

정평공 유사
靖平公 遺事

■ 정평공 수식(手植) 은행나무
  - 안동시 일직면 송리리

■ 정평공 수식천(手食泉)
  태정(苔井)

정평공 유사

발 간 사

하늘이 열린 날이라는 우리의 개천절 노랫말에 "우리가 물이라면 새암이 있고 우리가 나무라면 뿌리가 있다." 라고 한 것과 같이 사람이라면 당연히 그 뿌리가 있으며, 그중 우리 일직(안동) 손씨는 누구에도 못지않은 자랑스러운 뿌리가 있으며 이 뿌리 중 우리의 중시조로써 정평공(靖平公) 죽석(竹石) 손홍량(孫洪亮) 선조님이 뚜렷이 계십니다.

죽석(정평공) 선조님은 고려 역사에서 5조에 걸쳐 중임을 맡으셨고, 조정의 정치와 평온에 최선을 다 하시어, 목은(牧隱) 이색(李穡) 선생님의 말씀에 "공재조정청 공거문병성(公在朝廷淸 公去聞兵腥)"이라 평하셨고, 사장명(賜杖銘)에는 임금께서 공을 기둥으로 생각하고, 또한 공은 나라의 기둥(上以柱公 公以柱國)이라 하실 만큼 고려의 든든한 버팀목이 되신 일직 손가의 중시조이십니다.

세상 만물에는 그 근원이 있고 우리 인간은 모두가 자신의 근본인 성씨가 있기 마련인데 우리의 중시조이신 죽석 선조님에 대하여 지금까지는 단편적인 문헌과 역사적 기술들은 무수히 존재하지만 이를 하나로 묶어 쉽게 선조님을 이해하고 공부할 수 있는 책이 없었습니다.

　이에 우리 일직(안동) 손씨 전종원이 뜻을 모아 선조님에 대한 책을 발간하기로 하였습니다.

　선조님에 관한 원본판은 융희2년(1908)의 것으로 하였고 이의 국역판은 2014년 정평공의 20대 손이신 정헌(正憲) 종친의 노고에 찬 책자 《정평공 유적》을 기본으로 하였습니다.

　이 모든 준비를 위하여 정평공 죽석 선조님을 연구하는 학술발표회를 개최하시고 본 책자가 간행될 수 있게 많은 시간과 노력을 아끼시지 않은 학술대회 관계자 여러분과 종회 집행부 및 종친 여러분들께 그간의 수고에 감사드립니다.

2025년 5월　일

정평공유적발간위원회 위원장 정평공 24대손 손성근(聖根)

인사말씀

　정평공(靖平公) 휘(諱) 홍량(洪亮)께서는 우리 일직손씨(一直孫氏)의 중시조로 고려 말에 살았던 분입니다. 과거에 합격하여 종1품인 판삼사사(判三司事)에 이르렀으며 시호는 정평공(靖平公)입니다. 공은 안동의 일직(一直)에서 태어나셨습니다. 지금까지도 공의 유적이 이곳에 남아 있으며 다음과 같습니다.

　첫째는 타양서원(陁陽書院)입니다. 이 서원은 영조 때 안동 유림의 발의로 창건되어 조선말에 이르기까지 제향을 이어오다가 대원군의 서원 철폐정책으로 훼철되었습니다. 1984년에 복원되어 다시 제향을 이어오고 있습니다.

　둘째로 정평공 유허비(遺墟碑)와 비각(碑閣)입니다. 이 유허비는 당시 우의정(右議政)으로 있던 조현명(趙顯命) 공이 비문을 지으시고 지역의 유림과 우리 후손이 힘을 합하여 1748년(영조 24)에 건립되었습니다. 이때 유림들이 지은 축시가 유사(遺事)에 수록되어 있습니다.

셋째로 정평공께서 손수 심으신 은행나무가 지금까지 우뚝 서 있습니다. 이 은행나무는 조선말에 이르러 고사(枯死) 위기에 처했다가 다시 싹이 나와 지금과 같이 푸른 잎이 무성한 모습으로 자라고 있습니다. 여기에 대하여는 족조이신 손양대(孫亮大, 1848~1931) 선생의 문집인 『회산집(晦山集)』과 허채(許埰, 1859~1935, 본관 김해) 선생의 『금주문집(錦洲文集)』, 노상직(盧相稷, 1855~1931, 光州) 선생의 『소눌문집(小訥文集)』에 관련 시가 수록되어 있습니다.

넷째로 정평공께서 식수로 사용한 우물인 태정(苔井)이 은행나무와 같은 곳에 있습니다.

그리고 정평공의 묘소와 묘하(墓下)의 재실인 직산재(直山齋)가 조금 떨어져 같은 일직면에 있습니다.

우리 후손들이 잘 관리하고 보호하여야 하겠습니다.

이번에 국역되어 발간되는 『정평공 유사(靖平公 遺事)』는 정평공의 외후손인 곡강(曲江) 배행검(裵行儉) 선생과 후산(后山) 이종수(李宗洙) 선생 등 많은 분의 노력으로 1책이 이루어져 1907년에 초간본이 발행되었다가 이듬해 1908년에 타양서원 승원(陞院) 때의 문헌을 첨부하여 중간본을 발행하였습니다.

그리고 2013년에 일족으로 한학자이신 정헌(正憲) 족숙께서 국역을 하였는데, 오늘날 자라나는 세대가 읽고 이해하기에는 어려운 고전적인 용어가 많아 이번 학술발표를 기획하면서 대구가톨릭대학교 교수(산학협력단)이신 구본욱(具本旭) 박사께 번역을 의뢰하였습니다. 번역하여 주신 구본욱 교수님께 감사드리면 학술발표 및 종회 발전을 위해 수고를 아끼지 않으신 종인 여러분께 감사드립니다.
많은 종인들이 이 책을 읽고 선조님에 대하여 바르게 알고, 추모(追
慕)하고 숭조(崇祖)할 수 있다면 더 바랄 것이 없겠습니다.

2025년 5월   일

일직손씨(一直孫氏) 정평공(靖平公) 주손(胄孫)
손대상(孫大相) 근지(謹識)

축 사

　　먼저 정평공의 일대기를 모은 『정평공 유사(靖平公 遺事)』를 국역 발간하게 된 것을 후손의 한 사람으로서 경하(慶賀)를 드리고 축하합니다. 정평공께서는 고려 때 분으로 세상 사람들에게 모범이 될 만한 분입니다. 부군(府君)은 고려 말에 오늘날의 장관직에 해당하는 판삼사사(判三司事)로 경제부의 책임자였습니다. 그러나 65세에 관직에서 물러나 고향인 안동의 일직으로 돌아와 만년을 보내신 뒤 93세에 타계하였습니다.

　　공은 가득찬 것을 경계하여 그칠 줄을 아는 분이셨습니다. 『명심보감』에도 말하기를 "그칠 줄을 알면 즐거울 것이요, 탐욕하면 근심이 있을 것이라(知足可樂 務貪則憂)"고 하였듯이, 공은 고려 말 원나라 지배하에 있던 고려의 실상을 꿰뚫어 보시고 미리 물러나셨던 것입니다.

　　그러나 공이 75세 때 홍건적(紅巾賊)의 난(亂)으로 복주(福州), 즉 지금의 안동으로 몽진 온 공민왕(恭愍王)을 평복으로 맞이하고, 난국타개책(亂國打開策)을 진언하시고 난이 평정될 때까지 정성으로 보필하였습니다. 공민왕께서는 공은 진실로 일직인(子誠一直人)이라 하시고, 난이 평정되어 환도하셨습니다. 그다음 해에 공이 개경으로 가서 난이 평정됨을 하례(賀禮)하니 왕께서는 손수 진영(眞影)을 그려 주시고 지팡이도 하사하시며 연회를 베푸시고 명공(名公)들로 하여금 시를 짓도록 하셨습니다.

문집 중에 당시의 관리들이 지은 시가 수록되어 있는 것은 참으로 고귀한 것입니다. 세상의 어느 문집이나 실기에도 이와 같은 명공(名公)들이 지은 시(詩)가 모여 있는 곳은 드물 것입니다.

공의 후손들은 이후 밀양 및 각처로 분산되었는데 공의 음덕을 잊지 않고 공의 향리인 안동 일직의 타양서원(陁陽書院)과 밀양 다원 혜산서원(惠山書院) 양원(兩院)에서 제향을 드리고 있습니다.

우리들은 후손들은 선조님들의 음덕(蔭德)으로 오늘을 살아가고 있다고 해도 과언은 아닐 것입니다. 어디에 가서 살더라도 선조님들의 위대한 업적을 잊지 말고 인간답게 행동하여 할 것입니다. 특히 정평공(靖平公)은 일직손씨 중시조임을 자랑으로 삼아 세상 살아가는 모든 점에서 충(忠), 의(義), 인(仁)을 새겨 현재를 사는 지표로 삼을 것을 다시 한번 새기면서 103세의 후손 기창(基昌)이 축사에 가름합니다.

이번 『정평공 유사』 발행에 물심양면으로 최선의 노력을 다한 대종손 대상(大相), 준비위원장 성근(聖根), 도유사 태직(泰直), 태훈(泰勳)에게 감사드립니다.

2025년 5월   일

(株)慶昌産業 名譽會長 孫基昌 謹識

정평공 유사 서문
靖平公 遺事 序

　창려(昌黎) 한씨(韓氏)[1]가 양사업 거원(楊司僕 巨源)[2]을 전송하는 서문[3]에서, 두 소씨(疏氏)의 일을 인용하기를 그 거마(車馬)의 많고 적음과 그림과 시의 유무를 비교하였는데, 이는 두 소씨의 마음을 깊이 알지 못한 것이다. 두 소씨의 말에 "그칠 줄 알면 욕을 당하지 않고 만족을 알면 위태롭지 않다 하니, 떠나지 않으면 후회가 있을까 두렵다."[4]라고 하였으니, 이는 태자의 어리석음을 보고

---

1) 당나라 한유(韓愈, 768~824)를 말함. 자(字)는 퇴지(退之). 시호는 문공(文公), 창려(昌黎)는 본관임. 당송팔대가(唐宋八大家)의 한 사람임. 문집으로 『창려선생집』이 있다.

2) 양거원(楊巨源): 당나라 사람. 자는 경산(景山). 정원(貞元) 연간에 진사(進士), 벼슬은 봉상부 소윤(鳳翔府 少尹), 국자 사업(國子 司業), 시(詩)에 능하였다고 함. 《唐才子傳 5》

3) 한유(韓愈)가 지은 〈양거원 소윤을 전송하는 서 [送楊巨源少尹序] 〉를 말하는데, 『고문진보』〈후집〉에 수록되어 있다. 양거원은 국자사업(國子司業)의 관직에 있으며 후진을 가르치고 있었는데, 시를 잘 지었다고 한다. 어느 날 나이가 70세가 되었다고 승상에게 아뢰고 하루아침에 고향으로 돌아갔다. 양거원이 떠날 때 승상도 애석하게 여겨 황제께 아뢰어 그의 고을의 소윤(少尹)으로 삼아 그의 녹이 끊어지지 않도록 하였다고 한다.

4) 이소(二疏): 두 소씨[二疏]는 전한(前漢)의 선제(宣帝) 때 소광(疏廣)과 소수(疏受)이다. 소수는 소광의 조카이다. 소광이 소수에게 함께 은퇴할 것을 권유하면서 말하기를 "내가 들으니 만족함을 알면 욕을 당하지 않고 그칠 줄을 알면 위태롭지 않다고 한다. 공이 이루어지면 물러나야 하는 것이 하늘의 도이다. 이제 벼슬이 이천 석에 이르렀으니 벼슬과 명예를 이룬 것이다. 이와 같은데도 떠나지 않는다면

미리 기미를 알고 사퇴하여, 훗날 소부(蕭傅)가 당한 화5)를 피한 것이다. 저 양거원은 단지 늙어서 물러나 스스로 만년을 즐기려고 한 것일 뿐이니 어찌 두 소씨에 필적할 수 있겠는가?

고려 정평공(孫靖平) 손공(孫公)은 다섯 조정에 종사한 원로로 조정의 계책을 도와 삼중대광(三重大匡) 좌리공신(佐理功臣)의 공훈에 올랐는데, 나이를 이유로 이소(二疏)와 같이 치사(致仕)하고 일직(一直)의 고향으로 돌아가 여생을 보냈다. 얼마 뒤에 홍건적(紅巾賊)의 난리가 일어나 종묘가 몽진하고 임금이 파천하여 조정에 있는 신하들이 힘든 호종(扈從)에 지쳐 있었는데, 공은 복건(幅巾)과 지팡이 차림으로 여유롭게 자적하며 세상의 돌풍에서 초연하였다.

우리 조상인 목은공(牧隱公: 이색)이 증여한 시에 이르기를 "공이 조정에 있을 때에는 맑았는데, 공이 떠나자 병란을 겪는구나. [公在朝廷淸, 公去聞兵腥]"라고 하였으니, 공의 치사가 어찌 다만 나이가 많은 것 때문이었겠는가. 역사책에 기술된 것에서 바로 두 소씨와 그 행적을 같이하니, 양거원은 진실로 논할 거리가 아니다.

현릉(玄陵: 공민왕)이 남쪽으로 파천하셨을 때에는 말 머리에서 맞이하였고, 임금게서 환도(還都)하심에 달려가 난리가 평정됨을 위로하는 예를 극진히 하였으니, 현릉이 가상히 여겨 직접 그 진영

후회가 있을까 두렵다." 하였다. 《漢書, 권71 疏傳》
5) 소부(蕭傅): 한 원제(漢元帝)가 태자 때 사부(師傅)였던 소망지(蕭望之)이다. 훗날 원제가 즉위한 후 홍공(弘恭)과 석현(石顯)의 모함을 받아 독약을 먹고 자결하였다. 《漢書 卷78 蕭望之傳》

(眞影: 초상화)을 그려 주고 지팡이를 하사하여 귀향을 성대하게 하였다. 이는 또한 두 소씨(疏氏)에게도 없었던 일이니 어찌 위대하지 않겠는가?

일직의 인사들과 그 후손들이 외루(畏壘)[6]에서 제향을 드리고자 생각하였으나 도리어 나라의 제도에 막혀서, 비석을 세워 유허지를 나타내었다. 이어서 『고려사(高麗史)』와 읍지(邑誌)의 관계 기사를 채집하고 곡강(曲江) 배공(裵公)[7]이 지은 유사(遺事) 및 여러 공들이 지은 비명(碑銘)을 합해서 1책을 만들었다. 대략 공의 시종을 볼 수 있으나 조정에 있을 때의 언론과 이력, 훈업은 자세함을 얻지 못하였으니, 안타까울 따름이다. 그러나 조정에서 일을 사양하고 물러난 높은 기풍과 검소한 덕, 피난 때의 절조(節操) 또한 이 책에서 그 대략을 볼 수 있을 것이다.

신축년(정조 5, 1781) 중추(中秋: 음력 8월) 하한(下澣: 하순)

통정대부 예조참의 한산(韓山) 이상정(李象靖)[8] 서문을 쓰다.

---

6) 노자(老子)의 제자인 경상초(庚桑楚)가 들어가 산 곳이다. 이곳에 들어가 산 지 3년 만에 풍년이 드니, 백성들이 경상초를 성인으로 여겨 제사하고자 하였다. 『莊子』〈庚桑楚〉. 후에 그 지방 출신의 현인을 모시고 제향하는 사당을 가리키는 말로 쓰인다.

7) 배행검(裵行儉, 1673~1752)을 말한다. 자는 수약(守約), 호는 삼여당(三餘堂), 본관은 곡강(曲江: 흥해), 문집이 있다. 손홍량의 외 13대손이다.

8) 이상정(李象靖, 1711~1781): 자는 경문(景文), 호는 대산(大山). 밀암(密庵) 이재(李栽)의 문인으로 안동 일직에 살았다. 관직은 형조 참의, 문집으로 『대산집』이 있다. 『대산집』, 제44권 「서(序)」에는 〈손 정평공의 유사 서(孫靖平公遺事序)〉라고 하였다.

孫靖平公 遺事 序

昌黎　韓氏，以序送楊司業　巨源而引二疏事，較其車馬之衆寡，畫詩之有無，是未足以深知二疏之心事也．二疏之言曰，知止不辱，知足不殆，不去懼有後悔．　是見太子之憒憒而先幾色擧，以避他日蕭傅之禍．彼巨源特年老引退，以自樂於晚景耳，豈二疏之匹哉　高麗靖平　孫公，以五朝元老，協贊廟謨，躋三重佐理之勳，而引年丐，疏歸老於一直山水．　未幾而紅巾之亂作，五廟蒙塵，鑾輿播越，在廷諸臣方且疲於羈靮之勞．　而公以幅巾藜杖，婆娑偃息，超然於風飆之外．吾祖牧隱贈以詩曰，公在朝廷清，公去聞兵腥．是則公之去也，豈獨以年至哉．求諸簡策，直與二疏同其傳，巨源固不論也．方玄陵南狩，迎拜于馬首，及其返御而亟修奔慰之禮，玄陵嘉歎，　親寫其影，錫杖以侈其歸．是又二疏之所未有也，詎不偉矣哉．一直人士與其裔孫，思有以俎豆於畏壘，而顧尼於邦制，則樹碑以表其遺墟，因采輯　麗史，邑志，臚章與夫曲江　裵公所著遺事及諸公所爲碑銘，合成一冊，粗以見公之始終．而立朝言議，履歷，勳業，無得以詳焉，是爲可慨已．然其謝事高退之風，儉德辟　難之節，亦可於此而得其大略云爾.

　　歲辛丑 中秋 下澣 通政大夫 禮曹參議 韓山 李象靖 序

시詩

〈유허비사적〉

정평공 유사

靖平公 遺事

공의 휘는 홍량(洪亮)[처음 이름은 홍비(洪庇)], 호는 죽석(竹石), 복주(福州: 안동)의 타양현(陁陽縣)9)의 사람이다. 본래의 성은 순씨(筍氏)이니 시조 휘 간(幹)은 신라왕이 일직군에 이르렀을 때 받들어 모셨는데, 이후에 비로소 일직을 관향으로 삼았다. 뒤에 고려 현종의 이름을 피하여 손씨(孫氏)로 사성(賜姓)되었다.

증조부 휘 세경(世卿)은 관직이 상의직장동정(尙衣直長同正)이고, 할아버지 휘 연(衍)은 중현대부 전객령(典客令)으로 치사(致仕)10)하였다. 아버지 휘 방(滂)[처음 이름은 기(玘)]은 합문저후(閤門祗候)로 금자광록대부(金紫光祿大夫) 문하평리(門下評理) 상호군(上護軍)에 추증되었다. 어머니는 안동조씨(安東曺氏)로 봉익대부(奉翊大夫) 밀직부사(密直副使) 상호군(上護軍)에 추증된 조송(曺松)의 따님이다.

공은 충렬왕(忠烈王) 정해년(13년 1287년)11)에 일직현(一直縣) 집에서 태어났다. 어릴 때부터 총명하여 보통 아이들보다 뛰어났다.

---

9) 타양현: 일직현의 옛 이름.

10) 치사(致仕): 벼슬에서 물러남. 『예기』에는 70세에 치사(致仕)를 한다고 하였다.

11) 원(元)나라 세조(世祖) 지원(至元) 24년. 지원은 연호임.

장성하니 자태가 웅위(雄偉)하고 풍채가 크며 행동이 바르고 포부
가 원대하였다. 세상을 구제할 뜻과 세상의 풍속을 진정시키는 도량
이 있었다.

충선왕(忠宣王) 때 처음으로 관직에 나아가 충숙왕(忠肅王)과 충
혜왕(忠惠王) 때 일에 따라 바르게 간언을 하니 옛날에 직언하는
신하의 기풍이 있었다. 충목왕(忠穆王)과 충정왕(忠定王) 때 드디
어 대신의 관직에 임명되어 두 조정의 원로가 되었다. 서로 협력하
여 돕고 일을 잘 처리하며 관대하여 대신의 풍모가 있었다. 충정왕
(忠定王) 말년(3년, 1351) 신묘년12)에 연로함의 이유로 치사(致
仕)하고 고향으로 돌아오니 나이가 65세였다.

공은 성품이 바르고 청렴하였으며 세상의 명리(名利)에 뜻을 두
지 않았다. 평소 영가(永嘉: 안동)의 산수가 빼어남을 사랑하여 원
로로 물러난 후 자연에 노닐며 좋은 날 아름다운 계절에는 고을의
선비들을 만나 술잔을 기울이며 즐거워하니 세속을 벗어난 기상이
있어 사람들이 신선과 같이 여겼다. 그러나 공께서는 이로부터 다시
는 세상[벼슬]에 뜻을 두지는 않았으나 항상 강호의 근심[江湖之
憂]13)을 안고 있었는데, 하루라도 나라의 안위(安危)를 염려하지

---

12) 고려 충정왕은 1351년 신묘년 12월까지 3년간 재위하였다.

13) 향리에 물러나 은거할 때에도 임금을 잊지 못하고 항상 걱정하는 것을 말함. 송
    (宋)나라 범중엄(范仲淹)의 〈악양루기(岳陽樓記)〉에 "옛사람들은 높이 묘
    당에 있을 때에는 백성을 걱정하였고, 멀리 강호에 있을 때에는 임금을 걱정하였
    다. 따라서 조정에 나아가서도 걱정이요 물러나서도 걱정이었으니 어느 때에 즐
    거워할 수 있었겠는가. 이는 필시 천하의 근심은 누구보다도 먼저 근심하고 천하
    의 즐거움은 모두가 즐거워한 뒤에 즐기겠다는 마음 때문이었을 것이다.[居廟堂
    之高, 則憂其民, 處江湖之遠, 則憂其君. 是進亦憂, 退亦憂, 然則何時而樂耶.

않은 적이 없었다.

지정(至正) 임인년(공민왕 11, 1362)에 공의 나이 76세였다. 이
해 겨울에 공민왕이 홍건적의 난14)을 만나 복주로 파천(播遷: 피
난)을 하였다. 공이 수레 앞에서 임금을 맞이하니 기뻐하며 말씀하
시기를 "그대는 진실로 일직인입니다.15) 크게 위안이 됩니다."라
고 하였으니, 대개 공의 충직함을 아름답게 여기고 정성이 시종 한
결같았기 때문이다.

그다음 해 계묘년(1363)에 임금께서 환도(還都)를 하여 개경으
로 돌아가셨다. 갑진년(1364) 겨울에 공께서 송경(松京: 개경)에
이르러 임금께 나아가 전란이 평정됨을 하례하였다. 임금께서는 공
의 충성이 나이가 들수록 더욱 돈독함에 매우 기뻐하며 친히 공의
진영(眞影: 초상화)을 그려 내리니 당시 사람들이 영광으로 여겼다.

서로 다투어 노래하며 시를 읊었다. 또 지팡이를 내리고 친애함을
나타내었다. 두 아들 득수(得壽)와 득령(得齡)을 돌아보며 말하기

其必曰 先天下之憂而憂, 後天下之樂而樂歟.]" 라고 말한 데에서 유래되었다.
14) 홍건적(紅巾賊): 원나라 말기에 중국에서 일어난 도적. 홍건(紅巾) 즉 붉은 수건
으로 휘장(徽章)을 하였기 때문에 이런 이름이 붙었다. 그 군사가 10만에 달하였
다. 이들이 만주로 침입하였는데 원군(元軍)에 쫓겨 고려의 영토로 들어오게 되
었다. 1359년(공민왕 8) 겨울에 모거경(毛居敬)을 우두머리로 한 4만의 홍건적
이 결빙된 압록강을 넘어 서경(西京)을 점령하였으나 이방실(李芳實) 등이 거느
린 관군에 의해 압록강을 건너 물러갔다. 1361년(공민왕 10) 10월에 다시 10만
의 무리가 압록강을 건너 수도 개경에 이르게 되었다. 이에 공민왕과 왕실, 신하
들이 피난을 하여 복주(福州)에 이르렀다. 왕은 정세운(鄭世雲) 장군 등에게 명
하여 개경을 수복하고 잔적(殘賊)을 북쪽으로 쫓아내어 전란을 평정하였다.
15) 일직인(一直人)이라는 말은 "한결같이 곧은 사람, 즉 공의 충성심이 변함이 없
다." 는 의미도 있다.

를 "그대들은 나를 따르겠는가?"라고 하고, 또 공에게 말하기를 "아들이 지팡이보다 나을 것이나, 공(公)은 또한 지팡이를 짚고 가는 것이 좋을 것 같습니다."라고 하고, 이에 두 아들에게 공을 보좌하여 나가도록 명하였으니 은혜와 예의가 모든 관료의 위에 있었음이 실로 천년에도 드문 특별한 것이었다.

이때 조정의 관리들이 다시 잔치를 열어 축하하고 시(詩)와 서(序)를 지었으니 한때의 성대한 일이었다. 돌아옴에 이르러 조정의 모든 관리가 전송하니 길가에서 보는 사람이 이소(二疏)16) 이후에 한 사람뿐이라고 칭송하였다.

그 후에 안동 고을 사람이 공의 진영을 안동부 임하산(臨河山)에 소각(小閣: 작은 집)을 지어 모시고 존경하고 사모하였다.(산은 안동부에서 서쪽으로 7리에 있다.)

공은 조정에서 물러난 29년 후에 타계하였으니, 우왕 5년(1379) 기미년 가을 7월로 나이가 93세였다. 추성보절 좌리공신(推誠保節 佐理功臣)으로 관직은 삼중대광(三重大匡) 판삼사사(判三司事)17),

---

16) 이소(二疏): 두 소씨[二疏]는 전한(前漢)의 선제(宣帝) 때 소광(疏廣)과 소수(疏受)이다. 소수는 소광의 조카이다. 소광이 소수에게 함께 은퇴할 것을 권유하면서 말하기를 "내가 들으니 만족함을 알면 욕을 당하지 않고 그칠 줄을 알면 위태롭지 않다고 한다. 공이 이루어지면 물러나야 하는 것이 하늘의 도이다. 이제 벼슬이 이천 석에 이르렀으니 벼슬과 명예를 이룬 것이다. 이와 같은데도 떠나지 않는다면 후회가 있을까 두렵다." 하였다. 《漢書, 권71 疏傳》

17) 삼중대광: 고려의 최고 품계로 정1품 또는 종1품. 삼사(三司): 전곡(錢穀)의 출납과 회계 사무를 총괄하였던 관아. 오늘날의 경제 관료로 장관이다. 판사(判事)는 삼사의 장(長)으로 종1품의 관직임.

상호군(上護軍)에 이르렀고 직성군(直城君)에 봉하여졌으며, 시호
는 정평(靖平)이다.

　공께서 후덕(厚德)과 중망(重望)으로 여섯 조정에서 근무하고 공
로를 쌓은 것이 이정(彝鼎)에 새길 만하고[18], 청렴과 물러나는 절
도는 완부(頑夫)와 탐부(貪夫)를 격려할 만하였다.[19] 오복(五福)
을 다 받아 나이가 100세에 가까웠으니, 고려조 500년에 과거에
합격하여 재상으로 국사를 돕고 온전한 덕업을 갖춘 분은 오직 공
한 분뿐이다.

　공의 배위는 타양군부인(陁陽郡夫人) 양성이씨(陽城李氏)이니 봉
익대부(奉翊大夫) 개성윤(開城尹) 예문관 대제학(藝文館 大提學)
양성군(陽城君) 이천(李梴)의 따님이다. 2남 2녀를 낳으시니 장남
득수(得壽)는 관직이 밀직대언(密直代言)에 이르렀고, 차남 득령
(得齡)은 관직이 전서(典書)에 이르렀다. 장녀는 배전(裵詮)에게
출가하였는데 관직이 평리(評理)로 홍해군(興海君)이고, 차녀는 김
오(金悟)에게 출가하였는데 관직이 통례문 부사(通禮門 副使)이다.
　대언(代言)이 4남 6녀를 낳으시니 장남은 영유(永裕)로 전서(典
書)이고, 다음은 웅발(雄發)로 군사(郡事)이고, 다음은 원유(元裕)

---

18) 이정(彝鼎): 제사에 쓰이는 제기의 총칭. 옛날에 나라에 공로가 있는 신하의 이름
　　을 이곳에 새겨서 기렸다.
19) 맹자가 "백이(伯夷)의 풍도를 들은 자는, 완악한 이는 청렴해지고 나약한 이는
　　뜻을 세우게 된다.[聞伯夷之風者 頑夫廉 懦夫有立志]"라고 하였다. 《孟子,
　　萬章 下》

이고, 다음은 인유(仁裕)이다. 장녀는 김정후(金鼎侯), 다음은 현감 류억(柳嶷), 다음은 김보(金輔), 다음은 이덕배(李德培), 다음은 전서(典書) 권윤균(權允均), 다음은 현감 류온(柳溫)에게 출가하였다.

전서(典書)가 3남 2녀를 낳으시니 장남은 순백(順伯)으로 감무(監務)이고, 다음은 순중(順仲)으로 경력(經歷)이고, 다음은 순계(順季)로 고사(庫使)이다. 장녀는 민중손(閔仲孫), 다음은 박봉길(朴逢吉)에게 출가하였다.

평리(評理: 배전)가 4남 4녀를 낳으시니 장남은 배상도(尙度)로 직제학(直提學)이고, 다음은 배상경(尙敬)이고, 다음은 배상지(尙志)이니 음직으로 판사복사사(判司僕寺事)이고, 다음은 배상공(尙恭)으로 전서(典書)이다. 장녀는 김용휘(金用輝), 다음은 이의화(李義和), 다음은 여중엄(余仲淹), 다음은 강석복(康錫福)에게 출가하였다.

부사(副使: 김오)가 2남 4녀를 낳으시니 장남은 김자정(自貞)으로 전서(典書)이고, 다음은 김자수(自粹)로 충청도 도관찰사(忠淸道 都觀察使)이다. 장녀는 좌윤(左尹) 박천석(朴天錫), 다음은 우찬성(右贊成) 김종경(金宗敬), 다음은 좌윤(左尹) 홍익수(洪益壽), 다음은 낭장(郎長) 김서린(金瑞麟)에게 출가하였다.

공의 내외 자손들 중에 과거에 합격하여 관직에 있는 사람이 10여 명이고 문장과 절의로 세상에 드러난 사람이 또한 많다. 증손, 현손이 수백 명이다. 공의 후예로 본부(本府: 안동)에 세거하고 있는 사람이 많으나 밀양에 사는 사람들이 가장 번성하고 현달한 사람이 많았다. 담암(淡庵) 백문보(白文寶)는 이른바 '적선육경(積

善毓慶)’[20] 이라고 하였으니 진실로 속일 수가 없다. 공의 행장(行
狀)과 묘갈명이 본손가에 보관되어 있었으나 재난을 만나 공의 성
대한 덕과 깨끗한 절의(節義)가 없어져 전해지지 않으니, 어찌 후인
이 개탄하고 애석해하지 않겠는가? 삼가 그 대략을 모으니 위와 같
다.

　지금의 임금(영조) 15년(1739) 기미(己未) 월 일 외 13대손 곡
강(曲江: 흥해) 배행검(裵行儉)[21] 쓰다.

---

20) 적선육경(積善毓慶): 적선여경(積善餘慶)이라고도 한다. 『주역』의 곤괘(坤
　　卦)에 나오는 말로 ‘선을 쌓은 집안에는 반드시 경사가 있다’고 하였다. 여기
　　에서는 정평공의 경사(慶事)가 적선여경의 결과라는 것을 말한 것이다.
21) 배행검(裵行儉, 1673~1752): 자는 수약(守約), 호는 삼여당(三餘堂), 본관은
　　곡강(曲江: 흥해), 문집이 있다. 손홍량의 외 13대손이다.

靖平公 遺事

公諱洪亮[初諱洪庀], 號竹石, 福州之陁陽縣人也. 本姓, 苟, 始祖
諱幹, 奉新羅王次一直郡, 始隷姓貫于一直. 後避高麗顯宗諱, 賜姓
孫氏. 曾祖諱世卿, 尙衣直長同正, 祖諱衍, 中顯大夫 典客令, 致
仕. 父諱滂[初諱玘], 閤門祗候, 贈金紫光祿大夫 門下評理 上護
軍. 母安東曹氏, 追封奉翊大夫 密直副使 上護軍, 諱松之女. 忠烈
王 丁亥(元 世祖 至元 二十四年), 公生于一直縣里第. 公幼而寯
穎, 異凡兒. 及長姿相雄偉, 器局峻整, 而襟度恢曠. 已有濟物, 鎭
俗之量.

忠宣王朝, 始筮仕, 歷事 忠肅 忠惠, 隨事規諫, 有古直臣之風. 至
忠穆 忠定, 遂大拜, 爲兩朝元老. 協贊輔理 務尙寬大 得大臣體.
忠定末年 辛卯, 公以年老, 致仕而歸時, 年六十五歲. 公性忠恂廉
謹, 恬於勢利. 素愛永嘉山水之勝, 自退老之後, 徜徉於泉石之間,
遇佳辰令節, 則邀鄕髮里彦, 觴詠以娛, 悠然22)有出塵之想, 人望之
若神仙. 然, 公自是, 不復嬰情於世, 而常抱江湖之憂, 未嘗一日而
忘國焉.

---

22) 원문에는 攸然으로 되어 있는데 悠然으로 정정하였다.

至正壬寅，公年七十六歲．是年冬，恭愍王避紅巾亂，播越于福州．公迎拜於篤前，王見公喜曰，子誠一直之人．大加慰諭焉．蓋嘉公之忠直，純誠終始如一故也．越明年癸卯，王還舊都．甲辰冬，公至松京，進賀其平亂．王益喜公之忠誠，老而采篤，親寫公眞以賜之，時人榮之．爭相歌詠．又錫之以杖，而寵嘉之．顧其二子 得壽 得齡等曰，子能從我乎．又謂公曰，子勝於杖，君且杖而去，可也．仍命二子，翼公而出，恩禮眷渥，在百僚上，實千載之異數也．於時，名公鉅卿，更相獻賀，爲詩若序，以爲一時盛事．及其歸也，送者，傾朝，道邊觀者，咸歎慕其賢，稱疏傅後一人．

其後鄉人，奉公眞，藏于安東府 臨河山 少閣 以尊慕焉．（山在府西七里許）

公退居二十九年，以令德終焉，辛隅五年 已未 秋七月也，享年九十三．官至推誠保節 佐理功臣 三重大匡 判三司事 上護軍 封直城君 贈諡靖平公．

公以厚德重望，歷事 六朝，勳勞之積，可以銘釋鼎，廉退之節，足以勵頑貪．備膺五福壽，近百歲，麗朝五百年，登宰輔而全德業者，惟公一人而已．

公之配，陁陽郡夫人，陽城李氏，奉翊大夫 開城尹 藝文館大提學封陽城君 李梴之女．生二男二女，男長得壽 官至密直代言，次得齡官至典書．女長適裵詮 評理 興海君，次適金悟 通禮門副使．代言生四男六女, 男長永裕 典書, 次雄發 郡事, 次元裕, 次仁裕. 女長適金鼎侯, 次適縣監柳嶷, 次適金輔, 次適李德培, 次適典書權允均, 次適縣監柳溫. 典書生三男二女, 男長順伯 監務, 次順仲 經歷, 次順季 庫使. 女長適閔仲孫, 次適朴逢吉. 評理生四男四女, 男長尚度 直提學, 次尚敬, 次尚志 薩仕判司僕寺事, 次尚恭 典書. 女長適金用輝, 次適李義和, 次適余仲淹, 次適康錫福. 副使生二男四女, 男長自貞 典書, 次自粹 忠清道都觀察使. 女長適左尹朴天錫, 次適右贊成金宗敬, 次適左尹洪益壽, 次適郎長金瑞麟. 公之內外子孫, 登仕籍者, 十數人而多以文章節義, 顯於世. 曾玄孫累百餘人. 公之後裔, 世居本府者, 甚多, 散居密陽者, 最蕃衍, 世多有顯達者. 白淡庵文寶, 所謂 '積善毓慶, 果不誣矣. 公之行狀, 及墓銘, 藏于本孫家, 爲鬱攸所灾, 公之盛德清節, 湮沒不傳, 豈非後人之慨惜者乎. 謹撮其大略如右.

정평공 유사 후기[23)

書孫靖平公 遺事後

　정평공께서는 여섯 임금께 종사하여 관직이 삼사(三司)에 이르렀고 연세가 70세가 되기 이전에 관직에서 물러나 93세에 타계하였다. 그 충성스럽고 부지런히 종사한 노고와 조용히 물러난 기풍이 당시의 사대부가 자랑으로 여기며 후세의 모범이 되었다. 애석하게도 가승(家乘)을 병화에 잃어버려 역임한 관직과 행적을 자세히 알지 못하였다. 그러나 다행히 ‘지팡이를 내릴 때의 시와 서문’, ‘취금헌의 진영 서문’이 병화 후에도 겨우 보존할 수 있었다.

　여러 동사(東史)[24)를 고찰하여 공이 덕릉(德陵)[25) 때 처음으로 관직에 나아간 것과 명릉(明陵), 총릉(聰陵)[26) 두 조정에서 재상으로서 충순건칙(忠恂謇飭)[27)한 것이 알려져 있는 것을 알 수 있었다. 공의 아들과 사위, 또 내외의 여러 자손 중에서 관직에 있는 자

---

23) 배행검의 『삼여당문집(三餘堂文集)』에는 〈정평공 유사〉와 〈후기〉가 별도로 수록되어 있다. 〈손정평공 유사〉는 권5 유사(遺事), 〈서손정평공 유사 후〉는 권4 발(跋)에 수록되어 있다. 『정평공유사』에는 두 편이 함께 수록되어 있는데, 저자의 문집에 의거 구분하여 수록하였다.
24) 『고려사』 등을 말함. 우리나라 역사서.
25) 덕릉(德陵): 충선왕의 능호(陵號).
26) 명릉(明陵): 충목왕의 능호, 총릉(聰陵): 충정왕의 능호.
27) 충순건칙(忠恂謇飭): 충성스럽고 진실하고, 직언을 하고 삼가는 것을 말함.

가 10여 명이 있는 것을 볼 수 있었다. 그 영광되고 현달함이 한 시대에 공에 비할 만한 사람이 없었다. 공께서는 성대하고 가득 찬 것을 경계하여 나이를 이유로 물러났다.

지정(至正) 임인년(공민왕 11, 1362) 겨울에 현릉(玄陵)께서 복주로 파천하였다. 공은 즉시 말을 달려 길가에서 배알하니, 임금께서는 "위안이 됩니다."라고 하셨다. 임금께서 개경으로 환도(還都)하신 이듬해 갑진년(1364) 겨울에 공이 다시 송경에 이르러 배알을 하니 임금께서는 공의 충성스러운 마음을 아름답게 여기시고 늙음을 안타깝게 여겨 진영(眞影)을 그리고 좋은 지팡이를 내리는 은전을 베풀었다.

두 아들에게 공을 부축하여 돌아가게 하였으니 그 존경의 예(禮)가 백관(百官)의 으뜸이었다. 조정에 명망이 있는 사대부 백담암(白淡庵: 백문보), 이초은(李樵隱: 이인복), 목은(牧隱: 이색), 제정(霽亭: 이달충) 같은 수십 인이 시와 서문을 지었으니 아름답도다.

『동국통감(東國通鑑)』에 지팡이를 내린 일을 특서(特書) 하였고, 『려사제강(麗史提綱)』에 또 졸년이 기록되어 있고 관직과 시호가 갖추어져 있었으니, 사씨(史氏: 사관)가 중시한 것을 또한 볼 수 있다. 고려 말 대단히 어려운 시기에 벼슬한 사람 중에 능히 그 몸을 보전한 사람이 드물었고, 또한 관직을 탐하고 권세를 좋아하여 종명누진(鍾鳴漏盡)28)의 기롱을 받았다.

공은 그간에 공로를 쌓았으나 권세와 이익을 탐하지 않았고 깨끗

---

28) 늙어서도 벼슬이나 명리에 연연함을 이르는 말이다. 통행금지를 알리는 인경의 종이 울리고 물시계가 다한다는 뜻으로, 사람이 생명을 유지하는 시간이 다 끝나 죽음을 맞게 되는 것에 비유하는 말이다.

하게 물러나 고향으로 돌아가는 용기가 있었다. 고향 산천에서 넉넉
하게 지내다가 늙어서 돌아가시니 옛날에 이른바 대아명철(大雅明
哲)의 군자29)인저! 현릉(玄陵)이 남쪽으로 올 때 공은 수레를 타야
할 나이인데 임금께 분주히 달려가셨고, 또 전란이 평정된 후에 나
아가 하례하니, 옛날에 자신을 잊고 나라를 근심하신 것이 평시나
험할 때나 한결같음인저!

　공의 두 아들과 여러 손자가 문행(文行)으로 드러났는데, 김상촌
(金桑村)30)과 배백죽당(裵栢竹堂)31) 같은 분은 공의 외손이다. 충
효와 대절이 세상에 크게 드러났으니 또한 어찌 외손들이 충직한
기풍을 얻음이 아니겠는가? 이로써 공의 출처와 진퇴, 집안에 전한
충효의 가르침이 큼을 알 수 있다.
　옛날 한문공(韓文公)이 양소윤(楊少尹)을 전송하는 서문에 이소
(二疏)의 일을 인용하여 증명을 하였다.32) 또 말하기를 "'옛날에
향선생(鄕先生)께서 돌아가시면 사(社)에서 제향을 드린다.'라고
한 것이 공을 말함인저!"33) 공의 물러남이 이소(二疏)와 더불어

---

29) 재덕(才德)과 지혜가 있는 사람, 인품이 높은 사람.
30) 김상촌(金桑村): 김자수(金自粹)이다. 공민왕 때 문과에 장원을 하여 판전교시
　　사(判典校寺事)에 이르렀다. 고려가 망하자 안동으로 내려와 은거하였으나 태종
　　이 형조판서로 출사할 것을 요청하며 위협하자 자결하였다. 실기가 있다.
31) 배백죽당(裵栢竹堂): 배상지(裵尙志)이다. 목은 이색의 문인으로 관직이 판사복
　　시사(判司僕寺事)에 이르렀다. 고려가 망함에 두문동으로 들어갔다가 조선에 출
　　사하지 않고 안동 금계촌(金溪村)으로 내려와 은거하였다. 잣나무(栢)와 대나무
　　(竹)를 심고 호(號)를 백죽당(栢竹堂)이라 하였다.
32) 이상정의 서문 주석 참조.
33) 이 글도 한유의 〈送楊巨源 少尹序〉에 보인다. 향선생: 관직에서 물러나 고향
　　에 머물거나, 향리에 머물며 학문을 가르치는 사람을 높여 부르는 말. 사(社)는

다름이 없는데, 충건훈로(忠騫勳勞)는 또한 양후(楊侯: 양소윤)가 미칠 바가 아니다. 소자용(蘇子容)34)과 조열도(趙閱道)35)는 송조(宋朝)의 이름난 재상인데 주부자(朱夫子, 朱熹)가 거주한 곳에 사당을 세우고 한 지역의 풍속을 변화시켰다. 공의 덕업과 충직이 소조(蘇趙)에게 양보할 수 없는데, 지금에 이르러 없어진 것이 어찌 세상에서 덕을 숭상하는 군자가 없어서 그랬겠는가? 공이 살던 시대가 지금으로부터 361년이 되었는데, 현(縣)의 선비들의 사모함이 오래되면 될수록 더욱 깊으니 병이(秉彝)36)를 볼 수 있다. 공론이 같은 바 또한 대개 풍속을 격려함이 여기에 있음인저!

지금의 임금(영조) 15년(1739) 기미(己未) 월 일 외 13대손 곡강(曲江) 배행검(裵行儉) 쓰다.

리사(里社)라고도 하는데, 원래는 마을의 토지신에게 제사 지내는 장소를 의미하는데, 이후에 고을의 선생을 모시고 제사를 드리는 장소를 의미하게 되었다.

34) 소송(蘇頌): 송나라 명신. 자(字)는 자용(子容). 경력(慶曆) 연간의 진사. 관직은 우복야 겸 중서시랑(右僕射 兼 中書門下侍郞)에 이르렀다. 저서에는 《신의상법요(新儀象法要)》 등이 있다. 《宋史, 卷340》

35) 조변(趙抃): 송나라 명신. 자(字)는 열도(閱道). 전중시어사(殿中侍御史)로 있을 적에 권력이 있는 사람도 피하지 않고 탄핵을 하니 당시에 철면어사(鐵面御史)라 불리었다. 외직으로 나가서 치적이 많았고, 참지정사(參知政事)·태자소보(太子少保)를 역임하였다. 청백하여 지방장관으로 있다가 돌아올 때에 거문고 하나, 학 한 마리[一琴一鶴]만 가지고 왔다고 한다. 《宋史, 卷316 趙抃列傳》

36) 인간의 올바른 본성, 마음.

書孫靖平公遺事後

靖平公歷事, 六朝位, 至三司, 年未滿七旬而致仕, 壽至九十三而考終. 其忠勤之勞, 靜退之風, 爲當時士大夫玲式, 而後世之所可法者也. 惜, 其家乘失於兵火, 不傳歷官[37]行蹟, 無由得其詳. 而猶幸賜杖詩若序, 及醉琴軒眞卷序, 僅存於劫灰之餘. 考諸東史, 公之仕始於 德陵時, 而入相於 明聰兩朝, 以忠恂謇勒. 聞公之子若壻, 內外諸孫, 列于朝者, 多至十數人. 其榮顯一時, 無比公. 以盛滿爲戒, 引年而退. 至正壬寅冬, 玄陵播越于福. 公卽馳謁於中途, 王慰諭之. 王還都之越明年甲辰冬, 公復至松京, 進謁, 王嘉其忠, 而憫其老親, 爲之寫其眞, 又侈賜杖之典. 命二子扶公而還, 其尊敬之禮, 冠于百僚. 朝之名士大夫, 若白淡庵 李樵隱 牧隱 霽亭 數十人, 爲詩若序, 以美之. 東國通鑑, 特書其賜杖之事, 麗史提綱, 又書其卒年, 而具官爵及諡, 其見重於史氏, 亦可見矣. 當麗季多難之際, 仕宦者, 鮮能保其身, 亦有貪官樂勢, 以貽鍾鳴漏盡之譏. 而公則周旋其間, 積其勳勞, 泊於勢利, 勇於廉退歸臥. 故山優遊終老, 古所謂大雅名哲之君子歟. 玄陵之南也, 公在懸車之年而奔走勤王, 又進賀

---

37) 원문에는 貫으로 되어 있으나 관의 오자로 여겨 官으로 정정하였다.

於平亂之後, 古之憂國忘身, 夷險一節者歟. 公之二子及諸孫, 以文行顯, 若金桑村, 襄栢竹堂, 卽公之外孫. 而忠孝大節, 彪炳於世, 亦豈非有得於外氏, 忠直之風歟. 以是知公出處進退之義, 家傳忠孝之敎, 有餘裕矣. 昔韓文公送楊少尹序, 引二疏之事, 以證之. 且曰, 古之所謂鄕先生, 沒而可祭之於社者, 其在斯人歟. 公之引退與二疏, 無異而忠謇勳勞, 又非楊侯之所及矣. 蘇子容, 趙閱道, 爲宋朝名相, 而朱夫子立祠于所居之地, 以之風勵一方. 公之德業忠直, 無讓於蘇趙, 則至于今泯泯者, 豈世無尙德之君子而然歟. 今距公之世, 三百六十一年, 縣中士人之景慕, 愈久而采深, 可見秉彝. 公論之攸同, 而亦知夫風勵之在玆歟.

上之十五年 己未 月 日 外十三代孫 曲江 襄行儉 書

사적(事蹟)

○ 恭愍王十三年甲辰, 十一月, 賜前判三司事, 孫洪亮, 几杖. (高麗史)

　공민왕 13년(1364) 갑진 11월에 전 판삼사사 손홍량에게 지팡이38)를 하사하였다.(고려사)

○ 辛禑五年己未, 秋七月, 判三司事, 孫洪亮卒. 諡靖平. (麗史提綱)

　우왕 5년(1379) 기미 가을 7월에 판삼사사 손홍량이 타계하다. 정평(靖平)이라 시호를 내렸다.(려사제강)

○ 孫洪亮, 一直縣人也. 累官至判三司事. 恭愍王, 親寫眞賜之. 至今留府之臨河寺. 子得壽, 官至代言.

　손홍량은 일직현의 사람이다. 여러 관직을 역임하고 판삼사사에 이르렀다. 공민왕이 직접 진영(眞影: 초상화)을 그려서 내렸다. 지

---

38) 궤장(几杖)은 안석과 지팡이로 임금이 고령의 신하에게 지팡이를 내릴 때에도 통상적으로 사용하는 말이다. 그러나 정평공께는 지팡이만 내렸으므로 지팡이로 번역하였다.

금에 이르기까지 안동부 임하사에 보관되어 있다. 아들 득수(得壽)
는 관직이 대언에 이르렀다.

 주(註)39): 興地勝覽, 安東府. ◇家牒, 公九代孫, 進士顥, 移眞
于密陽之安影菴, 失於壬辰之亂. 菴子重刱時, 得樑間粉字, 云,
靖平公影幀安留之所.
 『여지승람』 안동부. ◇ 가첩에 공의 9대손 진사 호(顥)가 진영
을 밀양의 안영암으로 옮겼는데, 임진왜란 때 잃어버렸다. 후에
암자를 중창할 때 대들보 사이에서 분자(粉字: 흰색 물감으로 쓴
글씨)를 얻었는데, 말하기를 ‘정평공 영정 봉안소’라고 하였다.

○ 金守溫(見外裔圖)觀風樓記, 僕四世祖, 判三司事, 孫公洪亮,
以正一品, 退居是府, 恭愍王, 賜几杖以寵之.
 김수온40) (외손도에 보인다.)의 관풍루 기문에 나의 4대조 판삼사
사 손공 홍량(孫公 洪亮)께서 정1품으로 물러나 이 부(府: 안동)에
거주하셨다. 공민왕께서는 지팡이를 내리는 은총을 베푸셨다.

---

39) 본문 아래 작은 글자는 주(註)라고 하고 내용을 기술하였다.
40) 김수온(1410~1481): 자는 문량(文良), 호는 괴애(乖崖), 본관은 영동(永同)이
  다. 안동 출신이다. 1441년(세종 23)에 문과에 합격하여 영주군사, 판중추부사,
  호조판서를 역임. 시호는 문평(文平)이다.

보유(補遺)[41]

○ 忠穆王四年戊子, 十二月丙寅 四日, 遣僉議平理 孫洪亮 密直
副使 金仁浩, 如元賀正.(高麗史 下幷同)

　충목왕 4년(1348) 무자 12월 병인 4일에 첨의평리 손홍량과 밀
직부사 김인호를 원나라 하정사(賀正使)[42]로 보내었다.

○ 忠定王元年己丑, 七月 十日, 以孫洪亮, 爲推誠保節 佐理功臣,
都僉議贊成事.

　충정왕 원년(1349) 기축 7월 10일에 손홍량을 추성보절 좌리공
신 도첨의찬성사로 삼았다.

○ 忠定王一年 己丑冬, 十月戊子朔, 以孫洪亮爲判三司事.[43]

　충정왕 1년(1349) 기축 겨울 10월 무자 초하루에 손홍량이 판삼
사사에 임명되었다.

---

41) 보유는 사적(事蹟)에서 누락 된 것을 보완한 것인데, 원문에는 〈타양서원 답 병
　　산서원 통문〉 아래에 첨입을 하여 놓았었다. 그러나 사적과 함께 고찰하면 정평
　　공의 관직 등을 고찰하는 데 도움이 될 수 있기 때문에 순서를 사적 뒤로 옮겼다.
42) 한해가 바뀌는 신정(新正: 신년)을 축하하는 사신.
43) 원문의 〈忠肅王後七年 戊寅冬 十月戊子朔〉은 오류이므로 『고려사』에 의
　　거 수정하고 순서를 연대순으로 바꾸었다. 다른 기사에도 날짜를 첨가하였다.

○ 忠定王二年 庚寅, 九月 癸丑 一日, 以孫洪亮爲福川府院君.

충정왕 2년(1350) 병인 9월 계축 1일에 손홍량을 복천부원군으로 삼았다.

주(註): 是年五月乙亥, 以尹涉爲右代言, 孫得壽爲左副代言.

이해 5월 을해에 윤섭이 우대언이 되었고, 손득수가 좌부대언이 되었다.

판삼사사 손공에게 지팡이를 내린 시의 서문
賜杖 判三司事 孫公 詩序

　판삼사사 손공(孫公)[44]은 지정 11년(충정왕 3, 1351) 신묘년에 벼슬에서 물러나 고향으로 돌아갔다. 고향은 영가(永嘉: 안동)인데, 경치가 매우 아름다운 곳이라 일컬어졌으므로, 현명하고 뛰어난 사람들이 종종 그곳에서 태어났다. 판삼사사와 같은 분은 웅위하고 관대하여서 충선왕과 충숙왕 두 대에 걸쳐 두루 벼슬하면서 오직 삼갔고, 총명한 두 임금을 만나 큰 벼슬을 하여 집에 거처하는 편안함과 자제의 성대함은 그 부귀를 누릴 만하였다. 그런데 갑자기 마음을 바꾸어 그 모든 것을 버리고 고향으로 돌아갔다.

　마침 나라에 어려움이 많아 사대부들은 모두 편안할 수 없는 처지였으나, 공(公)만은 홀로 편안히 산수의 즐거움을 누릴 수 있었다. 하물며 홍건적의 난리를 만나 임금께서 영가로 파천을 하자 공이 길에서 배알하니, 임금께서 "위안이 된다."고 하였다.

　갑진년(공민왕 13, 1364) 11월에 공이 다시 개경으로 가서 임금을 배알하였다. 공은 당시 78세였으나 허리가 전혀 굽지 않았다. 임금께서 가상히 여겨 지팡이를 하사하였다. 그 지팡이는 자연스럽게

---

44) 손홍량은 1349년(충정왕 1) 10월에 판삼사사(判三司事)에 임명되었으며, 2년 후 충정왕 3년에 관직에서 물러나 고향으로 돌아갔다.

용의 머리와 같은 형상이었다. 임금께서 그의 두 아들을 돌아보고 말하기를 "그대들은 나를 따를 수 있겠는가?"라고 하니, 공이 대답하기를 "오직 명을 따를 뿐입니다."라고 하였다. 임금께서 "자식들이 지팡이보다 나으나, 공은 또한 지팡이를 짚고서 가는 것이 좋을 것 같습니다."라고 하였으니, 노인을 공경함이 이와 같았다.

하루는 신정(愼亭) 권후(權侯)가 와서 나에게 말하기를 "손공이 지팡이를 하사받은 일에 시가 없을 수 없어 사대부들이 모두 노래했으니, 그대가 어찌 서문을 짓지 않을 수 있겠는가?"라고 하였다. 내가 대답하기를 "조정에서 벼슬하는 사람 중에 80세가 된 자에게는 모두 지팡이를 하사할 수 있는데, 임금께서 유독 손공에게만 하사한 것은 손공이 벼슬에서 물러난 것을 가상히 여기셨고, 또 멀리서 온 그의 충성스럽고 근면함은 늙어도 없어지지 않았기 때문이니, 우리 임금께서 그 마음에 보답하여 지팡이를 내리셨고, 또 그의 자식들로 하여금 보좌하도록 한 것은 마땅하도다. 손공이 온 것을 수고롭게 여기고 간 것을 보존해 주셨으니, 이것은 기록으로 남길 만하다."라고 하였다.

지정 25년(공민왕 14, 1365) 11월에 직산군(稷山君) 담암(淡庵) 백문보(白文寶)[45]는 서문을 쓰다.

---

45) 백문보(1303~1374): 자는 화보(和父), 호는 담암(淡庵), 본관은 직산(稷山)이다. 관직은 전리판서, 정당문학이다. 직산군(稷山君)에 봉하여졌으며, 시호는 충간(忠簡)이다. 문집인 『淡庵逸集』 제2권 序에는 〈判三司事一直孫公 洪亮賜杖詩序〉라고 하였다.

判三司事一直 孫公 洪亮 賜杖詩序

判三司事孫公，於至正十一年辛卯，退歸其鄉。　鄉是永嘉，號山水窟，故賢士，傑人往往生其間。如判三司公雄偉寬大，歷仕宣，肅二代惟謹，而遇聰明兩陵大拜，而其居室之安，子弟之盛，足以享其富貴矣，翻然去而之鄉焉。　適國多難，士大夫不能安其居者，皆是，而公獨怡然得山水之樂。　況值紅賊播越，駕至永嘉，公謁於道，上慰諭之。歲甲辰仲冬，公復如京謁上。　時公年七十八，而無傴僂氣。上嘉之賜杖，其杖如天生龍頭然。　上顧見其二子等曰，子能從我乎。公曰，唯命。上曰，子勝於杖，君且杖而去可也。其敬老若此焉。一日，愼亭　權侯來謂余曰，如孫老之賜杖，不可無詩，士大夫旣皆唱之，子盍序焉。余曰，朝之卿士年八十者，皆可以賜杖。而上獨及孫老者，以孫老之退有可嘉者，而又自遠來，其忠勤，老而無已，宜吾君之答其心，以與其杖，又以翼其子。　勞其來而保其去，是可書也已。

至正二十五年　仲冬　稷山君　淡庵　白文寶　序

시詩

1.

齒爵人所尊 나이와 관직은 사람들이 존중하는 것인데

匪德孰能有 빛나는 덕은 누가 능히 소유하리오.46)

惟公旣有之 오직 공께서 이미 소유하고 계시니

進退亦無苟 나아가고 물러남에 구차함이 없었네.

歲寒群木彫 세한에 뭇 나무는 시드는데

松栢尚持久 송백은 오히려 푸르름을 오랫동안 유지하네.47)

主上喜其來 주상께서 오심을 기뻐하며

等視商山叟 상산의 노인48)과 같이 보셨네.

臨軒賜以杖 궁궐에 이르니 지팡이를 내리시고

禮重意彌厚 예를 정중히 하는 뜻이 더욱 두텁구나.

寵在楊彪先 총애가 양표보다 앞서고49)

---

46) 맹자는 나이[齒], 관직[爵], 덕[德]을 삼달존(三達尊)이라고 하였다. 삼달존은 어느 사회에 가더라도 존중받는 덕목이다.

47) 『논어』, 9권 자한(子罕). "子曰 歲寒然後, 知松栢之後彫也."

48) 상산사호(商山四皓): 진(秦)나라 말기에 폭정(暴政)을 피해 상산(商山)에 숨어 살았던 네 명의 노인을 말하는데, 후세에는 나이도 많고 덕도 높은 은사(隱士)를 뜻하는 말로 쓰였다. 사호(四皓)는 동원공(東園公), 기리계(綺里季), 하황공(夏黃公), 녹리선생(甪里先生)을 말한다.

恩居孔光右 은혜는 공광보다 더 깊구나.50)

携持歸故鄕 지팡이를 가지고 고향으로 돌아가니

賀者爲奔走 축하하는 사람 바쁘게 달려오네.

行當扣原人 지팡이로 걸으며 몽매한 사람들을 깨우쳐

豈特扶衰朽 어찌 다만 쇠퇴하고 부패한 세상만 부축하리오.

晨昏宜念玆 아침저녁으로 마땅히 이것을51) 생각하여

報稱安可後 알맞게 보답함에 어찌 뒤질손가?

應歌天保詩 응당 천보시52)를 노래하며

上祝聖人壽 임금님 만수무강을 축수하네.

선수봉의대부(宣授奉議大夫) 정동행중서성 좌우사랑중(征東行中書省 左右司郎中) 단성좌리공신(端誠佐理功臣) 삼중대광(三重大匡) 흥안부원군(興安府院君) 판예문춘추관사(判藝文春秋館事) 이인복(李仁復)53)

---

49) 양표(楊彪): 후한 사람. 자는 문선(文先), 헌제(獻帝) 때 동탁(董卓)의 천도에 반대하다가 사도(司徒)에서 물러났다. 동탁이 죽은 후 태위(太尉)가 되었다. 위(魏) 문제(文帝) 때 광록대부에 제수, 궤장(几杖)을 받고 빈례(賓禮)로 대우받았다. 《후한서 84》
50) 공광(孔光): 전한 사람. 자는 자하(子夏), 경학에 정통하였다. 벼슬이 승상(丞相), 대사도(大司徒), 태부(太傅), 태사(太師), 박산후(博山侯)에 봉하여졌다. 《한서 81》
51) ‘이것’은 지팡이를 말함.
52) 『시경』 〈천보편(天保篇)〉에, “남산이 오래 견디어[壽] 무너지지 않음과 같으소서. [如南山之壽, 不騫不崩] ” 하였는데, 신하가 임금의 수복(壽福)을 비는 말이다.
53) 이인복(1308~1374): 자는 극례(克禮), 호는 초은(樵隱), 본관은 경산(京山)이다. 백이정에게 공부하여 주자학에 밝았다. 1326년(충숙왕 13) 19세에 문과에 합격, 원나라 제과(製科)에도 합격. 관직은 정동행중서성 좌우사랑중(征東行中

2.

丹心白髮覲天闕　일편단심 백발로 대궐에 오셔서 임금을 뵈오니
賜杖光榮古所稀　지팡이를 내리는 영광 옛날에도 드물었네.
盡遣士林歌碩德　보내는 사림들이 모두 석덕을 노래하니
手扶還向故鄕歸　손에 지팡이를 잡고 고향으로 돌아가네.

중대광(重大匡) 일성군(日城君) 정사도(鄭思道)54)

3.

神仙之山雲冥冥　신선이 사는 산 구름이 짙게 드리워 있고
松脂成堆生茯苓　송진이 쌓인 언덕 복령55)이 자라네.
陰崖石罅一寸靑　그늘진 벼랑바위 틈 한 줄기 푸른데
歲久亦作蛟龍形　세월이 오래되니 또한 교룡의 형상을 이루었네.
勢頑氣縮爭風霆　험준하고 기운이 위축된 곳에서도 바람과 우레
　　　　　　　　와 다투니
天公用意尺度盈　하늘의 뜻으로 길이가 다 자랐네.
細縫一握高過顚56)　가늘기는 겨우 한 주먹 높이는 기울어 있고

書省 左右司郞中)이다. 신돈(辛旽)의 미움을 받아 흥안군에 봉하여진 것이 파
봉(罷封) 되었다. 얼마 후 판삼사(判三司)에 임명되었다. 성산군(星山君), 시
호는 문충(文忠)이다.

54) 정사도(1318~1379): 본관은 연일(延日). 1336년(충숙왕 복위 5) 19세에 과
거에 합격. 관직은 지문하성사(知門下省事), 평리상의(評理商議)를 역임하였다.
일성군(日城君), 시호는 문정(文貞)이다.

55) 복령(茯苓): 소나무 뿌리에 기생하는 버섯의 한 종류.

56) 원주(原註)에 〈顚, 恐庚韻書作頃.[전(顚)은 아마 경운(庚韻)이므로 頃으로 써
야 할 것 같다.]〉. 원주에 오류가 있는 것으로 보여 번역자가 수정하였다.

扣之如鐵聲錚錚 두드리면 쇳소리와 같이 쟁쟁하네.

世間豈無渥洼龍 세간에 어찌 못[57]에 용이 없을까?

種飛雲汀不如平 나는 구름 못에 비춰도 평평하지 않네.

地佩玉鳴玎玲[58] 지위는 옥을 차고 영롱한 소리 울리니

中官傳旨納大庭 환관은[59] 전지를 대전에 들이네.

秀色照耀階前蓂 빼어난 색 빛이 비치니 뜰 앞에 명협풀[60]이 자라고

上方尙老稽古經 임금은 노인을 승상하고 고경을 삼고하네.

公之適至誰使令 공이 마침 이르니 사령[61]이 누구인가.

公事五朝位鼎衡 공은 다섯 조정에서 종사하여 지위는 정형[62]이
　　　　　　　　　　　　었네.

車懸綠野苔生鈴 수레를 타니 녹야[63]의 이끼에 방울 소리 나고

戀主心切趨疏屛 임금을 사모하는 마음 간절하니 달려가서 뵈옵네.

上曰老人南極星 임금께서 말씀하시기를 노인께서는 남극성[64]이요

---

57) 악와(渥洼): 물 이름. 한 무제(漢武帝) 때에 악와에서 용마(龍馬)가 나왔다고 함.

58) 한 글자가 누락된 것으로 보인다.

59) 중관(中官): 벼슬 이름, 관직에 있는 사람, 환관. 여기서는 왕명을 전하는 환관을
　　말함.

60) 명협(蓂莢): 요(堯) 임금 때 조정의 뜰에 났다는 서초(瑞草)의 이름. 초하루부터
　　보름까지 매일 한 잎씩 나서 자라다가 그 후부터 그믐까지 한 잎씩 떨어졌다 하여
　　달력 풀이라고 일컬었다고 한다. 《竹書紀年, 卷上 帝堯陶唐氏》

61) 사령(使令): 각 관청에서 심부름하는 사람. 여기서는 왕명을 출납하는 사람.

62) 정형(鼎衡): 솥과 저울. 정(鼎)은 솥의 발이 셋이므로 3정승을 말하고, 형(衡)은
　　정승이 나라의 저울대를 잡았다는 뜻이다. 그러므로 정승을 뜻한다.

63) 녹야(綠野): 녹야당(綠野堂). 당나라 하동 사람 배도(裴度)는 벼슬이 중서시랑
　　(中書侍郎)에 이르렀으며, 여러 번 나라에 공을 세웠다. 그러나 후에 환관이 정
　　치를 마음대로 하자, 벼슬에서 물러나 초당을 짓고 녹야당이라고 하였다. 명사들
　　과 술잔을 기울이며 시를 읊으며 세상의 일을 묻지 않았다고 한다. 이후 녹야당은
　　벼슬에서 물러나 유유자적하는 관리의 거처를 이르는 말로 쓰인다. 여기서는 정
　　평공의 거처를 이르는 말.

少少陳力扶昌靈 젊을 때에는 힘을 다해 나라와 백성을 부축하셨네.

報功崇德余心寧 공로에 보답하고 덕을 높이니 내 마음 편안하오
하니

公言臣功無寸筵 공은 말하기를 신은 공이 조금도 없습니다 하였네.

俛仰拜賜臣顔頳65) 면앙66)하며 하사받으니 얼굴이 붉어지고

余曾珥筆沈香亭 내 일찍이 침향정에서 이필67)을 하였습니다.

請爲作歌公試聽 청해서 노래를 지으니 공께서 시험 삼아 들으셨네.

杖之生也萬壑寸 지팡이는 일만 골짜기에서 자란 한 토막

地千林一莖爾 땅 위의 천 가지 나무 중 한 줄기일 뿐이네.

何爲乎遭聖明 어떻게 밝은 임금을 만났는가?

盛事將同鍾鼎銘 성대한 일은 장차 종과 정에 새기리.

公今倚杖如五丁 공은 지금 지팡이에 의지하니 다섯 장정과 같네.

惟公昔在朝廷清 오직 지난날 공이 계실 때에는 조정이 맑았는데

公去十載聞兵腥 공이 떠난 10년 병화의 비린내가 들리네.

卽今者舊歌太平 지금 옛 친구는 태평을 노래하는데

公胡歸去太白之山 공은 어찌 태백산으로 돌아갔습니까.

扃君臣終始貴相成 임금과 신하가 서로 성취함을 귀하게 여기니

稽首祝君千萬齡 머리를 조아리며 임금님 오래 사심을 축수하네.

---

64) 남극성: 인간의 수명을 관장하는 별. 여기서는 정평공의 나이가 많기 때문에 이렇게 칭한 것으로 보임.

65) 원주에 〈頳, 恐頲. 頳, 上聲.[병(頳)은 아마 정(頲)으로 써야 할 것 같다. 頳은 상성이다.]〉

66) 구부리고 우러러보는 것.

67) 이필(珥筆) 붓을 관에 꽂는 것을 말하는데, 고대 사관, 간관들은 조정에서 언제나 기록할 수 있도록 붓을 관에 꽂고 다녔다. 여기서는 붓을 들어 기록하는 것.

단성보리공신(端誠輔理功臣) 봉익대부(奉翊大夫) 첨서밀직사(簽書密直事) 예문관대제학(藝文館大提學) 동지춘추관사(同知春秋館事) 상호군(上護軍) 제점운관사(提點雲館事) 한산(韓山) 이색(李穡)68)

4.

鳩杖扶衰具　지팡이69)는 쇠약한 사람을 부축하는 도구인데
吾君錫老臣　우리 임금께서 노신(老臣)에게 내렸네.
提携還有賴　가지고 다니며 또한 의지하니
出入可爲珍　출입할 때 보배로 여기네.
綠野恩光溢　녹야의 은혜가 빛나고 넘치니
丹墀寵命新　대궐에서 임금의 은총이 새롭네.
美談喧內外　미담이 내외에서 시끄러울 것이니
稱賀幾多人　칭송하고 하례하는 사람이 얼마나 많을까?

중대광(重大匡) 철원군(철원군) 최맹손(崔孟孫)70)

---

68) 이색(1328~1396): 자는 영숙(穎叔), 호는 목은(牧隱), 본관은 한산(韓山)이
　　다. 이곡(李穀)의 아들이다. 문과에 장원을 하였으며, 원나라 정시(廷試)에는 2
　　등으로 합격하였다. 한림(翰林), 관직은 문하시중(門下侍中)에 이르렀다. 20년
　　간 문한(文翰)으로 있었다. 한산군(韓山君), 시호는 문정(文靖)이다.
69) 구장(鳩杖): 임금이 70세 이상의 신하에게 내리는 지팡이. 손잡이에 비둘기 모양
　　이 새겨져 있음.
70) 최맹손(?~1379): 1365년(공민왕 14)에 밀직제학(密直提學)을 역임, 철원군
　　(鐵原君). 신돈(辛旽)이 최영(崔瑩)을 참소하여 계림부윤(鷄林府尹)으로 좌천
　　시킬 때, 최맹손은 찬성사 이인복(李仁復), 밀직사(密直使) 조희고(趙希古)·홍
　　사범(洪師範) 등과 함께 파면되었다.

5.

用則行　　등용이 되면 도를 행하고

舍則藏　　물러나면 은거하니

惟我與爾　오직 나와 그대

危不持　　위험할 때 지탱해 주지 못하고

顚不扶　　넘어질 때 부축해 주지 못한다면

焉能用彼　어찌 능히 저것이71) 소용이 있으리오?

此前修之杖銘　이전에 지팡이에 쓴 명문(銘文)이 있는데

余深味乎闕旨　내 그 뜻을 깊이 음미하노니

吾 王之錫我公　우리 임금께서 우리 공에게 내려준 것이

豈徒然必有以　어찌 헛되리오 반드시 까닭이 있을 것이니

永世相傳矢不諼　길이 대대로 전하여 잊지 않기를 맹세할 것이요

顚沛造次必於是　엎어지고 넘어지고 다급할 때에도 반드시 여기
에72) 의지할지니라.

봉익대부(奉翊大夫)　밀직제학(密直提學)　우문관대제학(右文館大提學)　동지춘추관사(同知春秋館事)　상호군(上護軍)　이달충(李達衷)73)

---

71) 저것은 지팡이를 가리킨다.

72) 여기도 지팡이를 가리킨다.

73) 이달충(?~1385): 자는 지중(止中), 호는 제정(霽亭), 본관은 경주(慶州: 鷄林)이다. 충숙왕 때 18세로 과거에 장원으로 합격, 성균좨주[成均祭酒]가 되었으며, 공민왕 때 명유(名儒)로 선발되어 밀직제학을 역임하였다. 익재(益齋) 이제현(李齊賢)의 당질(5촌 조카)로 익재는 매양 그의 문장을 칭찬하였다. 계림군(鷄林君)에 봉하여졌으며, 시호는 문정(文靖)이다.

6.

人生八十古來難 사람이 팔십을 사는 것은 옛날부터 어려운 것
蒲柳焉能閱歲寒 부들과 버들이 어찌 추운 겨울을 지내리오.
福善固知仁者壽 선과 복 진실로 인자(仁者) 수(壽)함을 알겠고
乞歸曾得處之安 일찍이 귀향을 고하여 편안한 곳을 얻었네.
聖恩例賜延年杖 성은은 관례에 따라 연년장74)을 내리고
仙術何求卻老丹 어찌 신선술 구하며 노단(老丹)을 물리치랴.
鄕飮多應出斯世 많은 사람들이 향음주례를 하니 세상에서 으뜸이고
長生曲裏想爲歡 장생곡을 부르며 환영함을 상상하네.

봉익대부(奉翊大夫) 밀직제학(密直提學) 진현관대제학(進賢館大提學) 동지춘추관사(同知春秋館事) 상호군(上護軍) 추성(楸城) 전녹생(田祿生)75)

7.

斯世人流豈等夷 이 세상의 사람들 어찌 등급이 같으랴?
百無一人如古人 백 사람 중 한 사람도 옛사람과 같지 않네.
巧言令色汩聲利 교언영색76)으로 명성과 이익에 빠져 있으니
庶或得志無所逡 거의 혹 뜻을 얻으니 머뭇거리는 바가 없었네.

---

74) 연년(延年)은 연년장(延年杖)으로 임금이 연로한 신하에게 내리는 지팡이.

75) 전녹생(1318~1375): 자는 맹경(孟耕), 호는 야은(埜隱), 본관은 담양(潭陽)이다. 충혜왕 때 문과에 합격, 관직은 정당문학(政堂文學), 문하평리(門下評理). 우왕 초에 이인임을 주살하도록 청했다가 장류(杖流)로 귀양 가던 도중에 죽었다.

76) 교언영색: 말을 듣기 좋게 하고 얼굴빛을 꾸미는 사람, 아첨하는 사람. 《논어, 1권 學而》

世敭名新　　　세상에 알려지니 이름도 새롭네.

偉哉我公立斯世　위대하시도다. 우리 공이여 이 세상에 입신(立身)하시니

行止氣節誠出倫　행하고 그침, 기개와 절개가 진실로 무리 중에 출중하셨네.

君臣大義不可紊　군신의 대의는 문란시킬 수 없는데

身隆綠野心藥宸　몸은 높은 녹야당에 있었으나 마음은 대궐에 있었네.

自永嘉來謁 玉色　영가로부터 와서 임금을 배알하니

敬老尚德樂深仁　노인을 공경하고 덕을 숭상하니 즐거움이 깊고 어질었네.

龍鬚數尺忽入手　용을 새긴 몇 자의 지팡이가 홀연히 손에 들어오니

左右竦眄傳縉紳　좌우에서 놀라워하며 곁눈질을 하고

公知寵渥重如此　공을 총애함이 이와 같이 중함을 알았네.

訓子訓孫報 聖神　자손들에게 임금께 보답할 것을 훈계하니

好賴彼相更享三萬六千日　재상을 좋아함에 힘입어 다시 삼만육천일[77]을 누릴 것이니

望看東國重興辰　우리나라 중흥의 때 보기를 바라네.

봉익대부(奉翊大夫) 전법판서(典法判書) 창녕(昌寧) 성사달(成士達)[78]

---

77) 100년을 말함.

78) 성사달(?~1380): 자는 겸선(兼善), 역암(易菴), 본관은 창녕이다. 1341년(충혜왕 복위 2) 성균시에 장원으로 합격, 교주도병마사(交州道兵馬使), 예문관대

8.

八句千里赴王都　팔순에 천 리를 달려 왕도에 이르니

戀闕忠心老不渝　임금을 연모하는 충성 늙어도 변함이 없네.

豈待蒲輪事安逸　어찌 포륜79)으로 편안하기를 기대하였겠는가?

故將鳩杖答勤劬　그러므로 지팡이로 부지런히 힘씀에 보답하였네.

威行鄕不見原壤　위엄 있는 행동은 고향에서 원양80) 같은 사람
　　　　　　　　볼 수 없고

恩篤家無泣伯兪　은혜가 돈독하여 가문에 백유81)의 울음이 없었네.

此物託身眞得所　이 지팡이 몸에 의탁하니 참으로 그곳82)을 얻었
　　　　　　　　으니

肯思雷雨躍天衢　즐거이 뇌우를 생각하며83) 국도(國都)에 오르네.

봉익대부(奉翊大夫) 전 군부판서(前 軍簿判書) 진현관제학(進賢
館提學) 염흥방(廉興邦)84)

제학 등을 역임, 창성군(昌城君), 시호는 문효(文孝)이다.

79) 포륜(蒲輪): 덜거덕거리지 않게 하기 위해 부들 잎으로 바퀴를 싼 수레.

80) 원양(原壤): 못된 인간을 꾸짖는 말. 공자가 원양(原壤)에 대해서 적(賊)이라고
하며 질책한 말이다. 《論語, 권14 憲問》

81) 백유(伯兪): 백유는 한(漢)나라 때의 효자인 한유(韓兪)의 자(字)이다. 일찍이
백유가 잘못한 일이 있어서 그의 어머니가 회초리를 쳤는데, 백유가 눈물을 흘렸
다. 이에 어머니가 "전에 회초리를 때릴 적에는 눈물을 흘린 적이 없었는데, 지
금은 어째서 눈물을 흘리는가?" 하자, 백유가 말하기를 "전에 회초리를 맞을 적
에는 몹시 아팠는데, 지금은 어머니의 기력이 없어서 아프지가 않습니다. 이 때문
에 눈물을 흘리는 것입니다." 하였다. 《小學, 稽古》

82) 의탁할 곳.

83) 다시 조정으로 불러 주는 임금의 은혜를 말한다. 뇌우(雷雨)는 『주역(周易)』
〈해괘(解卦)〉의 "하늘과 땅의 기운이 풀리니 뇌우 현상이 일어난다.[天地解
而雷雨作]"라는 말에서 비롯된 것으로, 임금의 사면(赦免)을 받는 것을 뜻한다.

9.

吾鄕古永嘉 우리 고향은 옛 영가 고을

風氣好山水 풍습과 산수가 좋은 곳

往往出異材 가끔 인재가 나오니

繼繼多膴士 많은 관리들이 이어지네.85)

是以吾先君 이런 까닭으로 나의 선군86)께서

頃與菊齋起 지난번에 국재(菊齋)87)와 더불어 일어났고

繼者孫三司 이어서 손삼사(孫三司)가 일어났네.

何間德爵齒 어찌 덕과 관직과 나이가 사이가 있으리오88)

遇 上乃見重 임금께서 만나보시고 곧 중신으로 여겼네.

寵賜過前美 총애를 내리시니 전날보다 더 아름답고

異質自天成 뛰어난 자질은 천성이었으며

挺然脫天理 빼어남은 천리를 벗어났네.

定知有守護 그침을 아니 수호함이 있고

久以待扶倚 오랫동안 부축하고 의지하며 기다렸네.

持此還故鄕 지팡이를 가지고 고향으로 돌아가니

---

84) 염흥방(?~1388): 자는 중창(仲昌), 호는 동정(東亭), 본관은 서원(瑞原)이다.
   1357년(공민왕 6) 과거에 장원으로 합격. 도병마사(都兵馬使), 삼사좌사(三司
   左使)를 역임하였다. 서성군(瑞城君)이다.
85) 무사(膴士)는 膴仕로도 쓴다. 무사는 봉록을 받고 벼슬함. 관리를 말함.
86) 권한공(權漢功, ?~1349)이다. 호는 일재(一齋), 본관은 안동이다. 충렬왕 때 과
   거에 급제하여 찬성사, 도첨의정승, 태자좌찬선 등을 역임하였다.
87) 권부(權溥, 1262~1346)이다. 자는 제만(齊滿), 호는 국재(菊齋), 본관은 안동
   이다. 15세에 진사가 되고 1279년(충렬왕 5) 18세에 문과에 합격, 우정언, 시강
   학사, 삼중대광을 역임하였다. 시호는 문정(文正)이다. 익재 이제현의 장인이다.
88) 덕(德), 관직[爵], 나이[齒] 즉 맹자(孟子)가 말한 '삼달존(三達尊)'이 모두
   갖추어졌다는 의미.

父老皆敬止 부로께서 모두 공경하네.

喜氣塞太白 기쁜 기운은 태백산에 가득하고

聲名動靑史 명성은 청사를 진동하네.

誰能繼餘風 누가 남은 풍성을 계승하여

永配古君子 길이 옛 군자에 짝하랴.

정순대부(正順大夫) 밀직사우부대언(密直司右副代言) 우문관제학 지제교(右文館提學 知製敎) 지예의사사(知禮義司事) 예천(醴泉) 권중화(權仲和)[89]

10.

達尊世上縱多門 세상에 달존한[90] 집이 많다고 하지만

屈指賢侯獨出群 어진 재상 헤아려보니 그중에 뛰어났네.

調鼎鹽梅眞宰輔 나라 다스리고[91] 임금을 보좌하니[92] 진정한 재
상이요

盈庭蘭玉貴兒孫 뜰에 가득한 난옥[93]은 귀한 자손들일세.

---

89) 권중화(1322~1408): 자는 용부(容夫), 호는 동고(東皐), 본관은 안동이다. 1353년(공민왕 2) 문과에 합격, 삼사좌사(三司左使)·문하찬성사를 역임했다. 1392년 고려의 사신으로 명나라에 보은사로 갔다가 왕조가 바뀐 직후 돌아왔다. 조선에 출사하여 태종 때 영의정부사가 된 뒤 벼슬을 그만두었는데, 평생 권력에 아부하지 않았다. 시호는 문절(文節)이다. 위의 시는 『永嘉世稿』 권2 東皐先生逸稿, 詩, 〈賀孫三司 靖平公 洪亮 賜几杖〉에 수록되어 있다.

90) 달존(達尊): 맹자가 말한 삼달존(三達尊)을 의미한다.

91) 조정(調鼎): 원래는 음식을 요리하는 것인데, 재상이 되어 나라를 다스리는 것에 비유함.

92) 염매(鹽梅): 원래는 음식의 맛을 알맞게 하는 것인데, 신하가 임금을 도와 선정을 베풀게 함을 이르는 말.

孔光靈壽人皆說 공광[94]에게 내린 영수 지팡이[95] 사람들이 모두 기뻐했고

于謹延年家亦聞 우근[96]에게 내린 연년 지팡이[97] 집안 또한 소문 났네.

千載如今那有此 천 년 전의 일이 지금 어찌 여기에 있는가?

堪嘉盛代別承恩 아름답고 성대한 은혜 특별히 받으셨네.

봉순대부(奉順大夫) 판전교시사(判典校寺事) 보문각제학 지제교(寶文閣提學 知製敎) 밀양(密陽) 박중미(朴中美)[98]

11.

明公歷仕五 王代 명공이 다섯 임금의 조정에서 관직을 역임하고

功大早知君子幾 공로가 큰데 일찍이 군자의 기미를 알았네.[99]

松栢故山開綠野 송백의 옛 산에서 녹야당을 열었는데

---

93) 난옥(蘭玉): 지란옥수(芝蘭玉樹)를 줄인 말로 남의 훌륭한 자제(子弟)를 말함.

94) 공광(孔光): 전한(前漢) 사람. 삼과에 장원을 하고 여러 관직을 거쳐 태부(太傅), 태사(太師)가 되었다.

95) 영수(靈壽)는 영수장(靈壽杖)으로 거(椐)나무로 만든 지팡이. 임금이 연로한 신하에게 내리는 지팡이.

96) 우근(于謹): 북주(北周)의 관리로 관직은 태부(太傅)였다. 연국공(燕國公)에 봉해졌으며, 시호는 문(文)이다.

97) 연년(延年)은 연년장(延年杖)으로 임금이 연로한 신하에게 내리는 지팡이.

98) 박중미: 호는 죽은(竹隱), 본관은 밀양이다. 국간(菊磵) 박진록(朴晋錄)의 아들. 충목왕 때 과거에 합격, 중서령, 보문각대제학을 역임, 대광보국숭록대부 밀직부원군(密直府院君)이다. 묘소가 청도군에 있다.

99) 군자의 기미를 알았네: 이 말은 군자가 나아가고 물러나는 조짐을 미리 아는 것을 말함. 정평공은 이러한 기미를 알고 미리 물러났기 때문에 불명예스러운 일을 당하지 않았음.

桑楡晚景謁金扉 고향에서 만년에 금비100)를 배알했네.

臨軒不以尋常待 대궐에 임하니 대우가 심상하지 않았는데

前席那容咫尺違 임금의 앞에서 어찌 조금이라도 어긋남을 용납
했겠는가?

謇謇始終能有幾 한결같이 충성하는 신하 몇이나 있었는가?

皤皤八十古來稀 흰머리 팔십의 나이 옛날부터 드물었네.

平生己厭富且貴 평생 동안 부귀를 멀리했는데

上賜未宜輕與肥 임금께서 내려줌도 가볍거나101) 살찐 것은 마땅
치가 않네.

敬老故將靈壽授 노신을 공경하여 장수 지팡이를 주시니

拜恩還向永嘉歸 은혜를 받고 다시 영가로 돌아가네.

信扶剩得高人趣 진실로 한껏 고사의 취미102)를 얻어

閒倚時看倦鳥飛 한가할 때 의지하며 때로 지친 새가 나는 것을
보네.103)

身入葛天逃物役 몸은 갈천씨104)의 백성으로 세속을 벗어났고

家居蓬島息塵機 집은 봉래도105)에 살면서 티끌세상 벗어났네.

---

100) 금비(金扉): 대궐의 문, 즉 임금을 말함. 공민왕이 안동으로 파천하였을 때 배알
한 것을 말함.

101) 가볍다는 것은 좋은 것이란 의미. 가벼운 옷.

102) 고사(高士)의 취미: 뜻이 높고 지조가 굳은 사람. 뜻과 품행이 고상한 사람.

103) 도연명(陶淵明)의 〈귀거래사(歸去來辭)〉에 "새도 날다가 지치면 돌아온
다.[鳥倦飛而知還)"는 말이 있음.

104) 갈천씨: 전설상 상고(上古)의 제왕으로 이 당시에는 특히 풍속이 순박하여 백성
들이 의심할 줄 모르고 아무런 근심 걱정이 없었다 한다. 도연명(陶淵明)의
〈오류선생전찬(五柳先生傳贊)〉에 이 내용이 처음 나온다.

105) 선인(仙人)이 산다는 삼신산(三神山)의 하나로 동해 봉래산(蓬萊山)을 가리킨
다.

豈知雲雨屢翻覆 어찌 구름과 비가 자주 번복함을 알리오

自與乾坤無是非 하늘과 땅은 저절로 서로 다투지 않네.

留客樽前盈湛露 손님을 머무르게 하는 술병 담로주106) 차 있고

祝 君香篆照淸暉 임금님 축수하는 향불에 맑은 빛이 비치네.

緇衣尙慮又改做 치의107)도 오히려 헤질 것을 염려하여 또한 고
치고

鞶帶亦遭三褫譏 가죽 띠도 세 번 고치는108) 기롱을 만나리라.

此杖實是千載寶 이 지팡이는 실로 천년의 보배인데

定應靑史爛光輝 응당히 청사에 빛이 찬란하리라.

중정우사간대부(中正右司諫大夫) 진현관제학(進賢館提學) 지제교
(知製敎) 탁광무(卓光茂)109)

---

106) 『시경』 〈담로(湛露)편〉 임금이 신하에게 술을 권하는 시. 이슬과 같이 맑
은 술.

107) 치의(緇衣): 검은 비단으로 만든 조복(朝服).

108) 삼치(三褫): 받았다가 도로 빼앗김. 《주역(周易)》 송괘(訟卦) 상구(上九)에
"혹 반대(鞶帶: 관복)를 하사받더라도 하루아침에 세 번 빼앗기리라." 한 데
서 온 말. 반대(鞶帶)는 관복에 차는 가죽 띠. 여기서는 벼슬을 사양하는 것을
말한다.

109) 탁광무(卓光茂): 자는 겸부(謙夫), 호는 경렴정(景濂亭), 본관은 광주(光州:
光山). 1331년(충혜왕 1) 국자감시(國子監試)에 합격하여, 공민왕 때 좌·우
사의대부(左右司議大夫) 예의판서(禮儀判書)를 역임하였다. 문집으로 『경렴
정집』이 있다. 시호는 문정(文正)이다. 『경렴정집』에는 제목을 〈賀判三司
孫公受鳩杖. 七言長篇〉이라고 하였다. 이 글은 『동문선(東文選)』(권 18
七言排律)에도 수록되어 있는데 제목을 〈前判三司孫自外進闕賜鳩杖[卓光
茂]〉이라고 하였다.

12.

滄溟負大夢 푸른 바다가 큰 꿈을 저버리고

不復揚波瀾 다시는 물결을 일으키지 않는데

瀰漫九萬里 가득 차고 널리 퍼져 구만 리

中有蓬萊山 중간에 봉래산이 있다네.

蓬萊之山高崢嶸 봉래산은 높고 가파르며

層巒疊嶂相縱橫 층층산이 높이 쌓여있고

雲霞縹緲中飛騰 아득한 가운데 구름이 날아오르네.

上巢萬歲之玄鶴 위의 새집에는 만세의 현학110)이 있고

下生千歲之蒼藤 아래에는 천세의 푸른 등나무가 산다네.

蒼藤形容冠 푸른 등나무 모양은 으뜸이고

古昔查牙儼 오랜 옛날부터 들쭉날쭉 모양이 좋으니

是蛟龍脊　이는 교룡의 등이요

神公致此心猶驚 신공이 이렇게 이루어 놓고도 마음으로 오히려
　　　　　　　　놀라

把玩移時惜不得 잡고 완미하며 옮길 때 얻지 못함을 애석해하네.

惜不得持爾行翔 얻지 못한 것을 애석해하였는데 그대가 가지고
　　　　　　　　날듯이 가버렸네.

雲願獻靑筆庭 구름은 청필의 뜰에 바치기를 원하니

至尊含笑對淸絶 임금께서 웃음을 머금으시고 청절을 대하네.

玉嬪眞宰俱盈盈 옥빈111)과 진제112)는 다 가득한데

---

110) 천년을 산다는 학으로 색이 검은 학.

111) 옥빈(玉嬪): 옥황상제 부인. 즉 왕후를 높여 부르는 말.

112) 진재(眞宰): 천지의 주재자 하늘. 즉 임금을 높여 부르는 말.

南極老人扣金闕 남극노인은 대궐문을 두드리네.
顔渥丹砂髮垂雪 얼굴은 단사처럼 붉고 두발에는 흰 눈이 드리워
지고
慇懃拜舞向瑤宸 은근히 배알하고 춤추듯 궁궐로 향하네.
神采怡然意歡悅 얼굴빛113)과 뜻은 기쁘고
至尊以杖賜老人 임금께서 노인에게 지팡이를 하사하시니
老人得之筋骨新 노인이 얻고 모습이 새로워지셨네.
出入扶衰感殊寵 출입하며 쇠한 몸 부축하니 특별한 총애에 감격
하고
願言聖壽三千春 원컨대 임금님 장수하시길 말씀드리네.
斯須仙返夢亦回 이는 모름지기 신선의 꿈에서 또한 돌아오시니
滿天明月西風來 하늘에는 밝은 달이 가득하고 가을바람이 불어오네.

정동행중서성(征東行中書省) 좌우사원외랑(左右司員外郞) 봉상대
부(奉常大夫) 예의총랑(禮儀摠郞) 북정(北庭) 설장수(偰長壽)114)

13

舊聞桃竹生蜀江 옛날에 듣기로 도죽115)은 촉강에서 나고
又聞赤藤生滇池 또 듣기로 붉은 등나무는 전지116)에서 난다고 했네.

---

113) 신채(神采): 정신과 얼굴빛.
114) 설장수(偰長壽): 자는 천민(天民), 호는 운재(芸齋), 사성본관은 계림(鷄林):
경주이다. 아버지는 설손(遜)인데 원나라 말기 병란을 피해 동쪽으로 왔다. 과
거에 합격하여 판삼사(判三司事)를 역임, 부원군에 봉해졌다.
115) 도죽(桃竹): 대나무의 한 종류. 질기고 단단하여 화살이나 지팡이를 만드는 데
사용함.

古來扶杖固非一　옛날부터 지팡이117)는 참으로 일정하지 않은데

有形如此世未窺　형태가 이와 같은 것은 세상에서 엿볼 수 없었네.

乃知元氣畜林野　이에 알기로 원기가 숲속에서 자랐기 때문이니

培養一莖成魁奇　배양된 한 줄기가 출중하고 특이하네.

風雷相磨綠骨瘦　바람과 우레에 갈려서 푸른 줄기가 호리호리하니

頭角彷佛雲中螭118)　머리의 뿔이 구름 속의 교룡119)을 방불케 하네.

鳥雀驚駭勤爭避　새들도 놀라 은근히 다툼을 피하고

鬼神秘藏人莫知　귀신이 비밀로 숨기니 사람들이 알지 못하네.

壺公來見手自斫　호공120)이 와서 보고 스스로 베었는데

自不能有獻丹墀　자신이 능히 소유할 수 없어 임금께121) 바쳤네.

獻丹墀日已久　임금께 올린 지가 이미 오래되어122)

上欲賜人無其老　임금께서 사람에게 주고자 하였으나 그러한 노인이 없었네.

孫侯昔隱東山東　손재상은 지난번 동산의 동쪽에 은거하여

晦跡不識人間道　자취를 숨기니 인간의 도를 알지 못하였네.

年當八句朝至尊　나이가 팔순으로 조정에서 가장 높았는데

---

116) 중국 사천성에 있는 호수, 사방이 이삼백 리로 매우 넓다 함.

117) 중간본에는 扶가 夫로 되어 있는데, 오자(誤字)로 보인다.

118) 중간본에는 蝺(곱사등 우)로 되어 있으나, 초간본의 螭(교룡 리)가 타당한 것으로 보임.

119) 교룡(蛟龍): 용의 새끼.

120) 후한(後漢)의 비장방(費長房)이 선인(仙人) 호공(壺公)에게 도를 배운 뒤에 대나무 지팡이를 타고 멀리 떨어져 있는 집까지 순식간에 날아갔는데, 호공이 지시한 대로 그 지팡이를 언덕에 던졌더니 푸른 용으로 변했다는 이야기가 전한다. 《神仙傳 壺公》

121) 단지(丹墀): 붉은색으로 칠한 뜰. 대궐의 뜰. 즉 임금을 의미함.

122) 원문에 한 글자가 빠져 있음.

鬖鬚如雪緇衣好 귀밑수염이 눈같이 희고 치의[123] 입기를 좋아했네.

玉漏聲絶金門開 옥루 소리[124] 끊어지니 대궐문이 열리고

步迎如見綺與皓 걸어 나와 맞이하니 사호 중 기리계[125]를 보는
것 같았네.

予嘉乃德賜其杖 임금께서 이에 덕을 아름답게 여겨 지팡이를 내
리시니

壯氣益增滿懷抱 힘 있는 기운이 더욱 더해지니 회포가 가득하였네.

携歸步步光寵新 손에 들고 돌아가니 걸음마다 은총의 빛 새로우니

快若乘風涉三島 상쾌한 바람을 타고 삼도[126]를 오르는 것 같네.

請公愼勿投葛陂 청컨대 공께서는 삼가 칡덩굴 언덕에 던지지 마
시오.

傳子傳孫永爲寶 자손에게 전하여 길이 보배로 삼으소서.

봉상대부(奉常大夫) 전교부령(典校副令) 강호문(康好文)[127]

---

123) 치의(緇衣): 검은 비단으로 만든 조복(朝服).

124) 옥루(玉漏): 물시계. 성문(城門)의 통금 시간이 지난 것을 말함.

125) 상산사호(商山四皓) 중 기리계(綺里季). 진(秦)나라 말기에 폭정(暴政)을 피
해 상산(商山)에 숨어 살았던 네 명의 노인을 말하는데, 후세에는 나이도 많고
덕도 높은 은사(隱士)를 뜻하는 말로 쓰였다. 사호(四皓)는 동원공(東園公),
기리계(綺里季), 하황공(夏黃公), 녹리선생(甪里先生)을 말한다.

126) 삼도(三島): 신선이 산다는 봉래(蓬萊) 방장(方丈) 영주(瀛洲)의 세 섬. 또는
삼신산(三神山).

127) 강호문: 자는 자야(子野), 호는 매계(梅溪), 본관은 신천(信川)이다. 1362년
(공민왕 11) 문과에 합격, 관직은 판전교시사(判典校寺司)를 역임하였다. 담양
(潭陽)에 살았다.

지팡이를 내린 명
賜杖銘

惟杖之奇 오직 지팡이는 의지하는 것이니

吾 上之賜 우리 임금께서 내리신 것이라.

惟杖之徽 오직 지팡이의 아름다움이여

吾相之瑞 우리 재상의 상서로움이로다.128)

上以柱公 임금께서 공을 동량으로 삼으니

公以柱國 공께서 나라의 동량이라.

於戲斯杖 아! 이 지팡이여

其儀不忒 그 모양이 특별하지 않은가?

봉선대부(奉善大夫) 전교부령(典校副令) 지제교(知製敎) 김제민(金齊閔)129) 두 손을 모아 절하고 공경히 명(銘)을 짓다.[拜手敬銘]

---

128) 상서로움[瑞]은 '좋은 일이다' 는 의미.

129) 김제민(1338~1384): 김구용(金九容)으로 개명하였다. 자는 경지(敬之), 호는 척약재(惕若齋), 본관은 안동, 시호는 문온(文溫)이다. 1355년(공민왕 4) 18세에 과거에 합격, 성균관대사성, 판전교시사(判典校寺事)를 역임하였다. 김방경의 현손이다. 위 명(銘)은 『惕若齋先生學吟集』, <孫令公 杖銘>에 수록되어 있다.

발(跋)130)

　일직 손씨는 대대로 영가(永嘉)에 살았다. 적선(積善)으로 경사(慶事)가 있었는데, 공이 드디어 벼슬하여 조정의 대신이 되었다. 그리고 벼슬을 그만두고 고향으로 돌아갔다. 여섯 임금의 조정에 종사하였는데, 충성스럽고 근신하였다. 연세가 높다고 게으름을 보이지 않았다.

　임금께서 나에게 '아름답다.'고 하시고, 말씀하시기를 "진실함을 잊지 않으니 나라의 원로로 대우하겠다."고 하셨네. 지팡이를 선정하여 내리시니, 구부러진 뿌리와 가지마다 운용(雲龍)이 엎드렸다가 일어나는 형상이었다. 하늘이 뛰어난 인물을 내시고, 이에 천거하여 관직에 임명하여 그 능력을 발휘하게 하였다.

　시(詩)를 지어 축하하니 아! "서백(西伯)이 노인을 잘 공경한다."131)고 하니, 세상의 노인들이 그에게 돌아갔다. 군자가 말하기를 "세상의 부모가 귀의하였으니 그 자식이 어디로 가리오."라고 하였다. 이것이 또한 문왕(文王)이 부모 된 까닭인데, 우리 임금께서 또한 이로써 노인을 공경하고 어린아이를 사랑하는 것을 알 수

---

130) 이 글은 여러 관리들이 지은 시(詩)에 대한 발(跋: 발문)이다.
131) 『맹자』 7권 〈이루(離婁) 上〉에 보인다.

있다.

주(周)나라가 덕을 쌓고 인(仁)을 행한 것이 진실로 이와 같다면 위대하지 않은가? 손노인을 대우하는 데서 우리나라의 다른 때 일을 점칠 수 있는 것이 어찌 가능하지 않으리오.

중현대부(中顯大夫) 전교령(典校令) 예문관직제학(藝文館直提學) 지제교(知製敎) 조선(朝鮮) 이진수(李進修)132) 발문을 쓰다.

----

132) 이진수: 1371년(공민왕 20)에 "나주목사(羅州牧使) 이진수(李進修)가 상소하여 내재추(內宰樞)를 혁파하고 근시위(近侍衛)를 엄중하게 하며, 군수부(軍帥府)를 세우고 분경(奔競)을 근절할 것을 청하였다. 왕이 이를 가상하게 여겨 판전교시사(判典校寺事)를 제수하였다." 라고 하였다. 《고려사절요》
내재추는 궁궐 내 별청(別廳)에서 정사를 처리하였던 왕 측근의 재상이다. 이진수는 조선에서 관직을 역임한 것이 확인되지 않는데, 성명 앞에 조선이라는 말이 있는 이유를 알 수 없다.

跋

一直孫氏, 世家永嘉 積善毓慶, 公遂大于朝, 載仕載已. 歷事 六主
而 忠恂謇餝, 益見不懈. 上謂予嘉曰, 篤不忘待以國老, 撰杖賜之,
盤根錯節, 雲龍起伏, 天生卓異, 人物相得, 爰有薦紳, 大手譁然,
賦詩以慶. 噫, 西伯善養老, 天下之老, 歸之. 君子曰 天下之父, 歸
之, 其子焉往. 是亦文王所以爲父, 而吾 君以之, 知敬老慈幼, 周
家所以積德累仁, 苟能如此, 則靡不大焉. 以孫老之遇, 卜吾家異時
之業, 孰爲不可哉.

中顯大夫 典校令 藝文館直提學 知製敎 朝鮮 李進修 跋.

진영의 서문

眞卷 序[133]

 상(임금: 세종)께서 즉위한 지 26년(1444)째 되는 가을에 나와 동년(同年)인 일직(一直) 손공 조서(孫公 肇瑞)가 나에게 말하기를 "나의 고조(高祖) 정평공(靖平公) 휘 홍량(洪亮)이 고려조(高麗朝) 공민왕(恭愍王) 13년 갑진년(1364)에 나이가 78세였는데, 공민왕이 예의를 갖추어 지팡이를 하사하였다. 이 당시에 초은(樵隱)[134], 목은(牧隱)[135] 등 여러 선생이 시를 지어서 축하하였고, 관직에 있는 이들이 서로 이어서 화답한 글이 모두 약간 수(首)가 되었다. 공민왕이 또 일찍이 손수 그분의 진영(眞影)을 그렸으니, 당시 사람들이 영광스럽게 여겼다. 서로 다투어 시를 읊었으며, 그 진영은 지금 안동부(安東府)에 있는데, 고을 사람들이 집[閣]을 지어 보관하며 존중하고 있다. 그러나 당시의 시(詩)는 전하지 않는다.

 내가 사관(史官)이 되어 할아버지의 함자를 사관(史館)에서 직접

---

133) 원문의 〈진권(眞卷)〉이라는 말은 〈진영의 두루마리, 즉 두루마리에 그린 진영〉이라는 의미이다. 박팽년, 『朴先生遺稿』〈孫同年祖眞卷序〉; 손조서, 『格齋先生文集』, 附錄 권1 序, 〈孫同年 高祖 靖平公眞卷序 在朴先生集中○醉琴軒[朴彭年]〉에 수록되어 있다.

134) 이인복(李仁復)의 호.

135) 이색(李穡)의 호.

보았는데, 당시 지팡이를 하사받은 사실이 사책(史冊)에 적혀 있었다. 당시 노래로 읊은 시는 집에 보관되어 있는데, 오직 진영에 대한 시(詩)는 전하지 않으니 어찌 유감이 아니겠는가? 지금 장차 문원(文苑)에 시를 청하여 자손의 보물로 삼고자 하니, 그대가 나를 위하여 서문을 지어 주기 바라네." 라고 하였다.

"내가 듣건대, 정평공은 고려조에 다섯 조정에서 임금을 섬겼고 태보(台輔)의 지위에 이르렀다고 하였는데, 지팡이를 예에 갖추어 내렸고, 또 그 진영을 그리는 은총을 베풀었으니, 그 사람됨을 알 만하다.

예전의 제왕 중에 신하의 초상(진영)을 그린 것이 책에 수록되어 있는데, 무정(武丁)136)이 부열(傅說)137)의 초상을 그리게 한 것과 한(漢)나라의 능연각(凌煙閣), 기린각(麒麟閣)과 당(唐)나라의 18명의 학사 등이 있으니, 이들이 총애받은 것은 사실이다. 그러나 임금이 직접 그 초상을 그렸다는 말은 들어 보지 못하였으니, 예전 사람이나 지금 사람 할 것 없이 여기에 미치지 못한 것만은 확실하다 하겠다.

지금 그대는 곧 세상을 구제할 만한 그 아름다운 문장으로 장원급제하여 높은 벼슬에 올라 사관(史官)138)과 어사(御史)139)를 역임하였으며, 화려한 문장으로 크게 명성을 떨쳤다. 또 선조(先祖)의 아름다움을 현창하는 것을 즐거워하며 가송(歌頌)을 널리 전하려고

---

136) 무정(武丁): 은(殷)나라 20대 왕 고종(高宗)의 이름. 59년간 재위하였으며 치세를 이루었다.
137) 무정 임금 때의 재상.
138) 이필(珥筆): 관(冠) 옆에 끼워 다니는 붓. 즉 사관의 별칭.
139) 승총: 승총어사(乘驄御史)의 준말로, 곧 어사(御史)의 별칭.

하니, 그 마음 씀이 또한 가상하도다. 이런 손자가 있으니 정평공의
이름은 길이 사라지지 않으리라.” 라고 하였다.

박팽년(朴彭年)140) 서문을 쓰다.(외손도에 보인다)

---

140) 박팽년(1417~1456): 자는 인수(仁叟), 호는 취금헌(醉琴軒), 본관은 순천이
　　다. 판서 박중림(朴仲林)의 아들. 1434년(세종 16)에 알성문과에 합격, 집현전
　　학사, 충청도 관찰사, 형조참판을 역임하였다. 성삼문, 하위지, 이개, 유성원, 유
　　응부와 함께 사육신의 한 사람, 대구 하빈의 육신사(六臣祠)에 봉안하고 제향을
　　드리고 있다.

眞卷 序

上卽位之二十六年, 秋, 吾同年一直孫公肇瑞, 謂余曰, "吾高祖 靖平公 諱洪亮, 在勝國恭愍 十三年甲辰, 年七十八, 恭愍禮貌之, 賜几杖. 于時, 樵隱 牧隱 諸先生, 賦詩以賀, 薦紳相繼而和, 總若干首. 恭愍, 又嘗手寫其眞, 時人榮之. 爭相歌詠, 其眞在今安東府, 鄉人立閣以尊之. 獨其詩不傳. 余忝史氏, 親覩吾祖之名於史館, 其受几杖也, 猶書于策. 其歌詠之詩, 猶藏于家, 而惟寫眞詩不傳, 寧無憾歟. 今將求詠於文苑, 以爲子孫寶, 子其爲我敍之. 余聞靖平公在高麗, 歷事五朝, 致位台輔, 旣賜几杖, 以禮之, 又肖其形, 以寵之, 其爲人可知已. 古之帝王, 圖畫其臣者, 簡策聯書, 武丁之傅說, 漢之凌煙 麒麟, 唐之十八學士, 寵則寵矣. 未聞其君, 手自親其揮灑也, 古今人不相及, 信哉. 今子乃能世濟其美, 捷巍科, 登膴仕, 珥筆乘驄, 華聞大播. 又欲顯揚祖先之美, 奮肆妁嬬, 播之歌頌, 其用心亦可嘉矣. 有孫如是, 靖平可謂不朽矣.

朴彭年 序(見外系圖)

진영 봉안과 이안

眞影 奉安 及移安

○ 安東府 臨河山 臨河寺 建小閣 奉安.(出 新增東國輿地勝覽)

　안동부 임하산 임하사에 소각(작은 집)을 지어 봉안하다.(신증 동국여지승람에 수록되어 있다.)

○ 隆慶 壬申 公之九代孫, 進士 顥, 移安影幀于密陽 載藥寺 安影庵. 龍蛇之亂 幷與古蹟而遺失矣. 幸賴此之存, 古老得以相傳焉.

　융희 임신년(선조 5, 1572)에 공의 9대손 진사 호(顥, 1731~1580, 號 永慕齋)가 밀양의 재약사(載藥寺)141) 안영암(安影庵)으로 영정(影幀) 옮겨서 봉안하였는데, 임진왜란 때 영정과 함께 옛날의 유적을 잃어버렸다. 다행히 이때 보존된 것은 옛 노인이 얻어 서로 전해온 것이다.

○ 肅廟 丙戌, 使浮屠世琮 撰募綠, 重修上樑, 有書曰 靖平公影子, 所安之庵云.

　숙종 병술년(32년, 1706)에 부도(浮屠: 승려) 세종(世琮)이 수

---

141) 재약사(載藥寺)는 구전에 재악사(載嶽寺)라고도 한다.

집하고 기록한 것이 중수한 대들보 위에서 나왔는데, 그 글에 말하기를 "정평공 영정 족자를 봉안한 암자" 라고 하였다.

○ 後孫 致大, 以序記事, 以詩述懷, 其詩曰 孤庵千嶂裏, 眞影百年前. 人事還今古, 兵戈仍後先. 居僧雲不住, 遺蹟月空懸. 天地留餘感, 秋風淚自然. 卽甲午 冬十月 旣晦也.

　　후손 치대(致大, 1676~1729, 號 竹西齋)가 쓴 기사의 서문에 <술회시>가 있는데, 그 시에 말하기를

　　孤庵千嶂裏 외로운 암자 일천 봉우리 속에,
　　眞影百年前 진영을 100년 전에 모셨네.
　　人事還今古 사람의 일은 또한 고금이 있으니,
　　兵戈仍後先 전쟁도 이에 선후로 있었네.
　　居僧雲不住 승려들은 구름처럼 머물지 아니하니,
　　遺蹟月空懸 유적이 달빛의 허공에 매달려 있었구나.
　　天地留餘感 천지에 남은 감회가 머물고 있으니,
　　秋風淚自然 가을바람에 눈물이 흐르네.

　　라고 하였으니, 즉 갑오년(숙종 40, 1714) 겨울 10월 16일이었다.

○ 歲巳西 本庵重創時, 後孫命大, 在左水營, 多給物力. 使之增脩, 以寓感古之意云.

70

기유년(영조 5, 1729)에 본 암자 중창 시에 후손 명대(命大, 1675~1733)가 좌수영(左水營)에 있으면서[142] 물력을 많이 공급하여 더 크게 중수하였다. 그리고 옛날을 생각하며 느낀 뜻을 붙였다고 하였다.

○ 至今 傳於眞影 當時 摹寫本

지금 전하는 진영은 당시의 모사본임. 진영의 상단 왼쪽에 <高麗 判三司事 孫靖平公 眞影(고려 판삼사사 손정평공 진영)>이라고 쓰여 있음.

---

142) 당시에 수군절도사(水軍節度使)로 있었다.

유허비각 개기고유문[143)

遺墟碑閣開基告由文

이종수(李宗洙)[144) 호(號) 후산(后山)

天地儲靈 천지가 신령스러운 기운을 간직하니

河流山峙 물은 흐르고 산은 높이 솟아 있네.

厥有奇奧 그 속에 기이하고 심오함이 있으니

以時顯秘 때로 드러내기도 하고 숨기기도 하네.

匪關于時 시대에 관계되는 것이 아니라

式考運氣 법식과 운기가 맞았기 때문이네.

往在麗朝 지난 고려조에

篤生靖平 돈독하신 정평공이 태어나셨네.

維忠維勤 오직 충성스럽고 부지런하여

協輔五王 다섯 임금의 조정에서 협력하여 도우셨네.

---

143) 초간본에는 〈유허비각 개기문(遺墟碑閣 開基文) 重建時〉이라고 하였고, 중
간본에는 〈개기고유문(開基告由文)〉이라고 하였는데, 두 판본에 의거 위와
같이 제목을 붙였다. 유허비각을 건립하기 위하여 터를 닦을 때 토지 신에게 고
유한 글이다. 위의 글은 이종수, 『后山先生文集』, 권16 祝文, 〈靖平孫公
遺墟碑閣 開基告文〉에 수록되어 있다.

144) 이종수(1722~1797): 자는 학보(學甫), 호는 후산(后山), 본관은 진보(眞寶:
진성)이다. 대산(大山: 李象靖)·소산(小山: 李光靖) 형제를 스승으로 섬기면
서 스스로 후산(后山)이라 불렀다고 한다. 문집이 있다.

年未謝事 치사할 나이가 되지 않았는데145) 벼슬을 사양하고
貴玆丘壑 아름다운 자연으로 돌아오셨네.
文几神杖 글을 읽는 안석과 신묘한 지팡이로
於焉游適 여기에서 유유자적하셨네.
遺芳不歇 남긴 향기가 다하지 않으니
草木含色 초목의 빛에도 향기를 머금었네.
迺營一宮 이에 집 한 채를 지어
以奠俎爵 제향을 드렸네.
有命自天 명령이 하늘의 뜻이요
時義則然 시대의 뜻도 그러하였네.
爰有異石 이에 특별한 돌이 있으니
丹山之巓 단산의 정상이네.
高文大筆 높은 문장과 큰 붓이
輝映一方 한 지역을 밝게 하였네.
迺瞻玆區 이에 이 구역을 바라보니
其地邃敞 그 땅이 깊숙한데 빛나네.
前案逶迤 앞은 평평하고 구불구불한데
古有陌陽 옛날에는 타양이라고 하였네.
亦越書舍 또한 서당에
冠襟濟濟 선비들이 많이 모였네.
家閣尚古 비각은 옛것을 숭상하였고
井溝不改 우물과 도랑은 고치지 않았네.

---

145) 『예기』에 70세에 치사(致仕)한다고 하였는데, 공은 65세에 치사하였다.

公氣在天 공의 기운은 하늘에 있으니

公神斯憩 공의 신령이 이곳에서 쉴 수 있다네.

十月之中 10월 중

十九癸巳 19일 계사일이네.

載闢載度 비로소 풀을 제거하고 측량하여

載築載樹 비로소 집을 짓고 나무를 심었네.

惟爾有神 오직 여기에 신령이 있으니

寔主于茲 이에 여기의 주인이 되었네.

母動母疑 동요하지 말고 의심하지 말지어다

錫我羣休 우리에게 많은 아름다운 일을 내려주시리라.

고려 판삼사 치사 손정평공 유허비명

高麗 判三司 致仕 孫靖平公 遺墟碑銘

　　고(故) 판삼사(判三司)로 벼슬에서 물러난 시호 정평공(靖平公) 손공 홍량(孫公 洪亮)의 옛집이 지금의 안동부 일직현에 있다. 공은 고려조의 사람으로 충선(忠宣), 충숙(忠肅), 충혜(忠惠)의 세 조정에서 벼슬을 하였다. 청렴한 충신으로 임금께 직언을 하는 쟁신(爭臣)146)의 기풍이 있었다.

　　충목(忠穆), 충정(忠定) 두 임금을 보좌함에 오직 바르게 하고 정사(政事)를 잘 다스려 대신이 되었다. 충정왕(忠定) 말년에 공의 나이 65세에 치사(致事)하고 고향으로 돌아와서 영명(令名)을 마쳤다.147) 『주역』에 말하기를 "기미를 앎이 그 신묘함이여![易曰, 知幾其神乎]"148)라고 하였고, 『시경』에 말하기를 "밝고 또 지혜로워, 그 몸을 보존한다.[詩曰, 旣明且哲, 以保其身]"149)라고 하였으니, 공께서 실로 이를 둠이여!

---

146) 쟁신(爭臣): 임금의 잘못을 직언으로 끝까지 간언하는 신하. 쟁신(諍臣)으로도 씀.

147) 영명: 아름다운 이름, 명성을 말함. 영명을 마쳤다는 말은 타계하였다는 의미임.

148) 『주역』 〈계사전(繫辭傳) 하(下) 5장〉에 "공자께서 말씀하시기를 기미[幾]를 앎이 신묘함인저!"라고 하고, "기미는 움직임이 은미한 것이니 길흉이 먼저 나타난 것이다."라고 하였다. 다시 말하면 일의 상황을 보고 미리 일어날 일을 예측하는 것을 말한다.

149) 『詩經』, 〈大雅 · 蒸民〉

공이 우왕(禑王) 5년(1379) 기미년에 돌아가시니 나이가 93세였다. 지금 계해년150)으로부터 365년이 된다. 손씨(孫氏)는 본관을 일직으로 사용하는 데 공을 중시조로 받들고 있다. 세대가 오래되어 자손들이 다른 현(縣)에 흩어져 살고 있으나, 오직 공이 살았던 유지(遺址: 집터)는 일직현 송동(松洞)에 남아 있다.

사대부들이 그의 집 옆을 둘러 살면서 공의 풍의(風義)를 숭상하였으며, 안동부의 선비들이 일찍이 공을 제향(祭享)하고자 논의하였다. 공의 후손 절도사 명대(命大)151)가 이를 듣고 돈 일만 냥을 비용으로 도와주었다. 그러나 일이 나라의 제도에 막혀서 실행되지 못하였는데152) 절도사 군(君)은 이미 타계하였다. 한 고을의 외후손들과 이웃의 선비들이 서로 논의하여 비록 사당을 세워 제향을 드릴 수는 없으나 비석을 세워 공의 유사를 수록하여 길이 세상에 전하며 더욱 보존하기로 하였다.

이에 이군 정섭(李君 廷燮)이 여러 공의 뜻으로 배군 행검(裴君 行儉)이 기록한 정평공 유사를 소매에서 꺼내어 광정(光庭)에게 비문(碑文)을 요청하였다. 광정 또한 외후손의 한 사람으로 고루함으로 감히 사양할 수 없었다. 세월이 오래되어 가전(家傳)이나 행장(行狀)은 나오지 않아 실로 공의 생애가 제세하지 않았다. 그러나

---

150) 이 비문을 지은 해로, 1743년(영조 19)이다. 이 비문은 지은 연도가 표기되어 있지 않은데, 이로써 지은 해를 알 수 있다.

151) 손명대(孫命大, 1675~1733): 밀양 태생. 자(字)는 칙천(則天), 1697년(숙종 23) 23세에 무과에 급제하여 여러 관직을 거쳐 경상좌도 수군절도사를 역임, 1733년에 제주목사에 임명되어 부임 도중 강진에서 59세로 병으로 타계하였다. 1763년(영조 39)에 2품직에 추증되었다.

152) 당시에 서원의 남발로 폐단이 일어나자 나라에서 서원 증설을 금지한 적이 있음.

국사(國史)에 공에게 지팡이를 내린 것, 관직과 졸년이 실려 있고, 한 시대의 명공(名公)들이 지팡이를 내린 것에 대해 하례하는 시(詩)와 서(序), 또 취금헌(醉琴軒) 박공(朴公: 박팽년)의 진권서(眞卷序)가 또한 한두 가지의 증거가 되었다.

현릉(玄陵: 공민왕)153)께서 복주로 파천(播遷)하시니, 이때 공은 관직에서 물러난 지 11년째 되는 해였다. 공은 늙었다고 나태하지 않고 말고삐를 잡고 길에서 임금을 맞이하였다. 현릉(玄陵)께서 기뻐하면서 말하기를 "그대는 진실로 일직현의 사람이다."라고 하였다. 이듬해에 임금께서 환도(還都)하여 개경으로 돌아가시니 공께서 가셔서 하례하였다. 왕께서는 더욱 어질다고 여기시고 손수 공의 진영을 그려 내리시고 돌아올 때에는 용머리를 새긴 지팡이를 내리셨다.

공의 아들 득수(得壽), 득령(得齡) 등을 돌아보시고 말씀하시기를 "지팡이가 자식만 못하다."고 하시고 "경(卿)은 또한 지팡이를 짚고 돌아가시지요."라고 하셨으니, 그 총애하고 위로함이 이와 같았다. 그러나 선인(善人)은 나라의 기둥(지팡이)이다. 현릉(玄陵)이 스스로 공을 지팡이로 삼지 않고, 공의 아들로서 지팡이로 삼아 돌아가게 하였다. 공이 늙어서 덕을 지음이 있었으나 능히 국가에서 쓰지 못하였던 것이다. 공은 여유롭게 자연에서 노닌 것이 무릇 29년이다.

___

153) 현릉(玄陵): 공민왕의 능호(陵號)임.

바야흐로 공이 고향으로 돌아옴에 공경대부(公卿大夫)들이 모두 사치와 부귀함으로써 물러간다는 말을 듣지 못하였으니, 공은 성대함과 가득 찬 것을 경계시킨 것이다.154) 공이 돌아오고 난 이후 국가가 비로소 어려움이 많았던 까닭으로 이목은(李牧隱)은 시에 말하기를 "공이 조정에 있을 때에는 맑았으나, 공이 떠난 후에는 전쟁의 비린내가 들립니다."라고 하였던 것이다. 제공(諸公)의 시와 서문에서 또 공의 충순건칙(忠恂謇飭)155)을 말하였으니, 늙어서도 나태하지 않음을 알 수 있다.

주상(主上)께서 공을 보시고 '상산(商山)의 노인과 같다'156)고 하였으니, " '옛날에 향선생(鄕先生)께서 돌아가시면 제향을 드린다.'라고 한 것은 공을 말함인저!"157) 진권(眞卷)의 서문에 현릉이 공의 진영을 그린 것을 말하였고, 향인이 각(閣: 집)을 지어 존경하고 보존하였다고 하였다. 『영가지(永嘉志)』에 말하기를 "부(府)의 임하사(臨河寺)에 영정이 있다."고 하였다. 예전에 불

---

154) 『주역』의 <겸괘(謙卦)·단사(彖辭)>에 "천도(天道)는 가득 찬 것은 이지러지게 하여 겸손(謙遜)한 것에 더해 주며, 지도(地道)는 가득 찬 것을 변하게 하여 겸손(謙遜)한 곳으로 흐르게 하며, 귀신은 가득 찬 것을 해치고 겸손한 것에 복을 주고, 인도(人道)는 가득 찬 것을 싫어하고 겸손(謙遜)한 것을 좋아한다."라는 말이 있음.

155) 충순건칙(忠恂謇飭): 충성스럽고 진실하고, 직언을 하고 삼가는 것을 말함.

156) 상산사호(商山四皓): 진(秦)나라 말기에 폭정(暴政)을 피해 상산(商山)에 숨어 살았던 네 명의 노인을 말하는데, 후세에는 나이도 많고 덕도 높은 은사(隱士)를 뜻하는 말로 쓰임. 사호(四皓)는 동원공(東園公), 기리계(綺里季), 하황공(夏黃公), 녹리선생(甪里先生)을 말함.

157) 한유의 〈送楊巨源 少尹序〉에 보인다. 향선생: 관직에서 물러나 고향에 머물거나, 향리에 머물며 학문을 가르치는 사람을 높여 부르는 말. 사(社)는 리사(里社)라고도 하는데, 원래는 마을의 토지신에게 제사 지내는 장소를 의미하는데, 이후에 고을의 선생을 모시고 제사를 드리는 장소를 의미하게 되었다.

교에서 숭상하여 절에서 볼 수 있었고 원사(院社)에는 없었으나, 세상에서 진실로 이미 공을 높이고 제향을 드렸음을 알 수 있다. 절이 없어진 연대를 알 수 없고 진영 또한 다시 보존할 수 없으니 한이 되도다.

공의 본래 성은 순씨(荀氏)인데 현종의 이름을 피하여 손씨(孫氏)로 내렸으니, 현달한 사람이 세상에 많았다. 증조는 세경(世卿)이니 상의직장(尙衣直長)이고, 할아버지는 연(衍)이니 중현대부(中顯大夫) 전객령(典客令)으로 치사(致仕)하였다. 아버지는 방(滂)이니 합문지후(閤門祗候)이다. 어머니는 밀직부사(密直副使) 조송(曹松)의 따님이다.

부인은 타양군부인(陁陽郡夫人) 양성이씨(陽城李氏)니 대제학 이천(李梴)의 따님이다. 두 아들을 두시니 장자는 밀직대언(密直代言)이고 차자는 전서(典書)이다. 두 딸은 백죽당(栢竹堂) 배상지(裵尙志)와 상촌(桑村) 김자수(金自粹)의 어머니이다. 배군(裵君)은 백죽(栢竹)의 후손이고, 절도사군은 밀직(密直)의 후손이다. 국란을 평정한 공훈158)으로 병조상서(兵部尙書)에 추증되었다. 명(銘)에 말하기를

介介孫公 청렴하고 올곧은 손공(孫公)이여!
王國之特 국왕께서 특별히 대우하셨네.

---

158) 손명대는 1727년(영조 3) 운봉의 영장(營將)으로 부임하였는데, 이듬해 3월에 발생한 이인좌(李麟佐)의 난을 평정하는 데 공을 세웠다.

周旋五朝 다섯 임금의 조정에서 종사하며

一心奉職 한마음으로 봉직하였네.

及其年至 급기야 나이가 이르니 늙었다고

歸老鄕宅 고향집으로 돌아왔네.

其宅云何 그의 집은 어디에 있는가?

福之一直 복주의 일직에 있도다.

王詢其名 임금께서 이름을 물으시며

曰汝同德 말씀하시기를 그대는 동덕(同德)159)이로다.

紅寇陸梁 홍건적이 침략함에160)

王幸于福 왕께서 복주로 파천하셨네.

黃髮鳩杖 황발(黃髮)로 지팡이를 짚고

迎于路側 길옆에서 맞이하였네.

曁平大亂 난리가 평정됨에

覲王于闕 대궐에 나아가 임금을 배알하였네.

燁如仙鶴 빛남이 선학(仙鶴)과 같았고

來往儵倏 왕래하는 잠깐 사이에

王眷孤忠 임금께서 옛 신하의 충성심을 돌아보시고

卽加寵錫 곧바로 총석161)의 지팡이를 내리셨네.

其寵伊何 그 총애가 어떠하였는가?

圖形手墨 손수 먹으로 초상을 그려 내리셨네.

---

159) 동덕(同德): 사람이면 누구나 가지고 있는 천성. 여기서 공민왕이 정평공의 충
    (忠)을 본심에서 우러나오는 행동으로 여긴 것을 알 수 있음.
160) 육량(陸梁): 제멋대로 날뛰는 모양.
161) 총석(寵錫): 사랑[총애]하여 물품을 내림.

其錫伊何 지팡이란 어떤 것인가?

扶老龍策 늙음을 부축하는 용을 새긴 것이라네.

送者傾城 전송하는 사람이 성에 가득하였고

巨筆聯軸 고관들이 붓으로 쓴 시(詩)가 모여 시축(詩軸)이 되었네.

始終榮名 영광스러운 이름이 시종일관하였으니

孰盛與圬 누가 성대함에 짝하리오.

高朗壽考 특별히 큰 수를 누리시고 타계하시니

賁茲丘壑 무덤이 있는 이 언덕이 아름답도다.

繄公高退 오직 공의 고상한 물러남이

自祖典客 전객령 할아버지로부터 시작되었네.162)

淸風峻節 청렴한 기풍과 큰 절개

施及自出 베풂은 본성으로부터 나왔네.

一直之鄕 일직현 고향은

水舒山矗 물은 천천히 흐르고 산은 높도다.

因名想德 명성으로 인하여 덕을 상상하니

有臘遺馥 남은 향기가 더함이 있도다.

刻此巨石 이 큰 돌에 새기니

以識高躅 숭고한 분의 발자취 기억할지니라.

영조(英祖) 19년(1743) 계해(癸亥)163)

---

162) 공의 조부 휘 연(衍)이 전객령(典客令)으로 치사를 하였다.

163) 원문에는 표시되어 있지 않으나 번역자가 표기하였다. 유허비는 그 이듬해 영조
20년(1744)에 세웠다.

　외후손　통덕랑(通德郎)　전(前)　혜릉참봉(惠陵參奉)　이광정(李光庭)164)　지음.

---

164) 이광정(李光庭, 1674~1756): 자는 천상(天祥), 호는 눌은(訥隱), 본관은 원
　　주(原州)이다. 안동의 내성현(乃城縣)에 거주했다. 이 비문은 그의 문집인
　　『눌은문집(訥隱文集)』, 권11 〈碑銘·碑識附〉에 수록되어 있다.

高麗 判三司 致仕 孫靖平公 遺墟碑銘

故判三司致仕, 賜諡靖平公, 孫公洪亮故居, 在今安東府治一直縣. 公高麗人也, 仕忠宣, 忠肅, 忠惠三朝. 清忠謇諤, 有爭臣風. 及相忠穆, 忠定二君, 維匡調肺, 得大臣體. 忠定末, 公年六十五, 致事乞骸骨而歸, 以令名終. 易曰, 知幾其神乎, 詩曰, 旣明且哲, 以保其身, 公實有焉. 公以辛禑 五年 己未卒, 壽九十三. 距今癸亥爲三百六十五年. 孫氏之貫一直者, 皆祖于公. 然, 世代遠, 散處他縣, 獨有遺址在一直松洞. 士大夫之環居于側者, 猶尚公風義, 一府章甫嘗議, 公俎豆事. 公後孫節度使命大聞之, 以錢一萬助其費. 事拘於邦制, 未果就, 而節度君已不幸. 一鄉之外裔及鄰比之士, 相與謀樹一石墟間, 載公遺事, 雖無以香火祠, 而其傳於永世, 益可保. 於是, 李君廷燮以諸公之意, 袖裏君行儉所錄靖平公遺事來, 索銘於光庭. 光庭亦忝在外裔之一, 而年歲久, 其家傳行狀不出, 雖不敢以孤陋辭, 而實無以詳公平生者. 然國史旣載公賜杖官卒, 而一時名公賀賜杖詩序, 及醉琴軒朴公眞卷序, 亦可以徵其一二矣. 玄陵之幸福州, 公退休之十一年. 公不以老怠執羈靮而迎于道. 玄陵喜曰, 子誠一直之人也. 明年, 王還都, 公入賀. 王益賢之, 爲手寫公眞以賜之, 及歸, 錫之龍頭之杖. 顧公子得壽, 得齡等曰, 杖莫如子, 卿且杖而歸

矣. 其寵賚如此. 然, 善人國之杖也, 玄陵不自杖公, 而使公之子杖
歸. 公耆造德, 不克降于國家. 公優遊田里, 凡二十九年. 方公之歸,
公卿大夫, 皆酣豢富貴, 無能言退者, 而公獨以盛滿爲戒. 及公歸而
國家始多難故, 李牧隱詩云, 公在朝廷淸, 公去聞兵腥. 而諸公詩若
序, 又言公忠恂謇餂, 老而不解. 主上視公如商山叟云,古所謂鄕先
生沒而可祭者, 其在公歟. 眞卷序謂玄陵所寫公眞, 鄕人立閣以尊
之. 而永嘉志云, 在府之臨河寺. 異時尚左敎, 有寺觀而無院社, 世
固已尊享公矣. 不知寺毀於何代, 而眞亦不復存, 可恨也. 公本姓
苟, 避顯宗諱, 改賜孫, 顯者累世. 曾祖世卿尚衣直長, 祖衍以中顯
大夫 典客令致仕. 父滂閣門祗候. 母夫人, 密直副使曹松之女. 妻
陁陽郡夫人, 陽城李氏, 大提學梴之女也. 二子伯密直代言, 季典
書. 二女爲襄栢竹堂尙志, 金桑村自粹之母夫人. 襄君栢竹之後, 節
度君密直之後. 與戡亂勳, 贈兵部尚書. 銘曰,

介介孫公, 王國之特. 周旋五朝, 一心奉職. 及其年至, 歸老鄕宅.
其宅云何, 福之一直. 王詢其名, 曰汝同德. 紅寇陸梁, 王幸于福.
黃髮鳩杖, 迎于路側. 曁平大亂, 覲王于闕. 燁如仙鶴, 來往儵倏,
王眷孤忠, 卽加寵錫. 其寵伊何, 圖形手墨. 其錫伊何,扶老龍策. 送
者傾城, 巨筆聯軸. 始終榮名, 孰盛與坿. 高朗壽考, 貫茲丘壑. 緊
公高退, 自祖典客. 淸風峻節, 施及自出. 一直之鄕, 水舒山矗. 因
名想德, 有贐遺馥. 刻此巨石, 以識高躅.

外裔孫 通仕郎 前 惠陵參奉 李光庭 撰

유허비 음기 갑자(1744)[165]

遺墟碑 陰記 甲子

　공(公)의 휘(諱)는 홍량(洪亮)이고 복주(福州)의 타양(陁陽) 사람이다. 복주는 지금의 안동부이다. 본래의 성(姓)은 순씨(荀氏)이다. 시조 간(幹)은 신라왕이 일직군(一直郡)에 이르렀을 때 받들어 모셨는데, 이후 일직인이 되었다. 뒤에 고려 현종의 이름을 피하여 손씨(孫氏)로 사성(賜姓)되었다.

　증조 세경(世卿)은 관직이 상의직장동정(尙衣直長同正)이고 할아버지 연(衍)은 전객령(典客令)이다. 아버지 방(滂)은 합문지후(閤門祗候)로 금자광록대부(金紫光祿大夫) 문하평리(門下評理), 상호군(上護軍)에 추증되었고, 어머니는 안동조씨(安東曹氏)로 밀직부사(密直副使) 상호군(上護軍) 조송(曹松)의 따님이다.

　공은 충렬왕(忠烈王) 정해년(13, 1287)에 일직리 집에서 태어났다. 어릴 때부터 총명하였으며 장성하니 더욱 웅위(雄偉)하였다. 개연히 세상을 경영하고자 하는 뜻이 있었다. 충선왕(忠宣王) 때 과거에 합격하여 충숙왕(忠肅王), 충혜왕(忠惠王) 때 종사하였으며, 충목왕(忠穆王) 때에 이르러 재상(宰相)이 되었다. 공은 충후하고 절

---

165) 음기는 비석의 뒷면에 새긴 글이란 뜻으로 비문을 말한다. 조현명의 『귀록집(歸鹿集)』, 권 16 碑銘, 〈靖平公遺墟碑 甲子〉에 비문을 지은 연도가 갑자년(영조 20, 1744)으로 기록되어 있다. 그래서 연도를 첨가하였다.

도가 있었으며, 정무가 관대하여 대신의 풍모(風貌)가 있었다. 충정왕 신묘년(3년, 1351)에 벼슬을 그만두고 영가(永嘉)로 돌아와서 산수의 즐거움을 누렸으니 이때 나이는 60여 세였다.

공민왕(恭愍王) 임인년(11년, 1362)에 홍건적의 난리가 일어나 임금이 복주로 피난을 하였다. 공은 야복(野服)[166]으로 길가에서 맞이하였다. 임금께서 아름답게 여겼다. 갑진년(1364)에 공이 도성(都城)[167]에 들어가 전란이 평정됨을 하례하였다. 임금께서 손수 공의 진영(眞影: 초상화)을 그리고 아울러 지팡이를 하사하였다. 두 아들로 하여금 부축해서 단문(端門)[168]을 나가게 하였으니 특별한 은전이었다. 돌아감에 이르러 조정에서 최고의 예우를 하여 전송하였는데, 당시에 이름난 석학인 목은(牧隱), 초은(樵隱) 같은 제공(諸公)이 시를 지어 성대하였다.

우왕(禑王) 5년(1379) 기미년 7월에 공이 타계하시니 나이가 93세였다. 관직은 추성보절좌리공신(推誠保節佐理功臣) 삼중대광(三重大匡) 판삼사사(判三司事) 상호군(上護軍)에 이르렀으며 직성군(直誠君)으로 시호는 정평공(靖平公)이다.

공은 아름다운 덕과 높은 공훈으로 여섯 조정의 원로로 대질(大耋)[169]의 나이를 누리고 타계하였다. 돌아보건대, 집안에 소장된 문헌은 전하지 아니하고 동사(東史)에 보이는 것이 대략 이와 같다.

공의 배위는 타양군부인(陀陽郡夫人) 양성이씨(陽城李氏)니 개성

---

166) 야복(野服): 평민의 복장.
167) 도성(都城): 개경을 말함.
168) 단문(端門): 궁궐의 정전(正殿) 앞에 있는 정문(正門).
169) 대질(大耋): 나이가 많은 것을 말함.

윤(開城尹) 이천(李梴)의 따님이다. 2남 2녀를 두시니 아들 득수
(得壽)는 밀직대언(密直代言)이고, 득령(得齡)은 전서(典書)이다.
따님은 흥해군(興海君) 배전(裴詮), 통례문 전사(通禮門殿使) 김
오(金悟)에게 출가하였다. 내외 자손 중 명현(名賢)이 많아 다 쓸
수 없다.

공의 진영은 병화(兵火)에 잃어버렸다. 오직 공의 유지(遺址)가
일직(一直) 송동(松洞)에 있는데, 아직 가리키면 알 수 있다. 사림
(士林)이 공을 길이 사모하여 장차 비석을 건립하여 나타내려고 하
였다.

아! 공이 늙음을 이유로 귀향한 12년에 홍건적의 난리가 있었다.
공이 타계한 14년에 고려의 운이 다하였다. 공의 나아가고 물러남,
존하고 몰함에서 국가의 치란흥망(治亂興亡)을 볼 수 있다. 공은 나
이가 70세가 되지도 않았는데170) 물러난 것은 기미를 먼저 본 것
이 있었던 것이다.171) 또 포은과 목은 같은 제현(諸賢)보다 오래
살았으나 먼저 타계하였으니 몸과 명성을 온전히 보존할 수 있었다.
『시경』에 말하기를 "밝고 또 지혜로워, 그 몸을 보존한다.[旣明
且哲, 以保其身]"172)라고 하였고, 또 말하기를 "화목한 군자는
신명이 위로하는 바로다.[愷悌君子 神明所勞]"173)라고 하니 공을

---

170) 『예기』에는 70세에 치사(致仕)를 한다고 하였다.
171) 『주역』〈계사전(繫辭傳) 하(下) 5장〉에 공자께서 말씀하시기를 "기미
[幾]를 앎이 신묘함인저!"라고 하고, "기미는 움직임이 은미한 것이니 길흉
이 먼저 나타난 것이다."라고 하였다. 다시 말하면 일의 상황을 보고 미리 일어
날 일을 예측하는 것을 말한다.
172) 『詩經』,〈大雅·蒸民〉
173) 『詩經』,〈大雅·旱麓〉, "愷悌君子 神所勞矣"

말함이로다.

　수충갈성분무공신(輸忠竭誠奮武功臣)　대광보국숭록대부(大匡輔
國崇祿大夫) 의정부우의정　겸영　경연사감(議政府右議政　兼領　經筵
事監)　춘추관사(春秋館事)　풍원부원군(豊原府院君)　조현명(趙顯
命)174) 기록함.

---

174) 조현명(1691~1752): 자는 치회(稚晦), 호는 귀록(歸鹿), 본관은 풍양이다.
　　경상도관찰사, 좌의정, 영의정 등을 역임하였다.

遺墟碑 陰記

公諱洪亮, 福州陁陽縣人. 福州, 今之安東府也. 本姓荀. 始祖幹,
奉新羅王, 次一直郡, 遂爲一直人. 後避高麗顯宗諱, 賜姓孫氏. 曾
祖世卿, 尚衣直長同正, 祖衍, 典客令. 父滂, 閤門祗候 贈金紫光
祿大夫 門下評理 上護軍, 母安東曹氏, 密直副使 上護軍 松之女.
忠烈王丁亥, 公生于一直里第. 幼儁穎, 長益雄偉. 慨然有經世之
志. 忠宣朝, 登第, 歷事忠肅, 忠惠. 至忠穆王時拜相. 公忠藎盡節,
爲政務寬大, 得大臣體. 忠定王辛卯, 致仕, 歸永嘉, 從山水之樂, 時
年六十餘. 恭愍王壬寅, 紅巾亂作, 王奔福州. 公以野服, 迎於道.
王嘉之. 甲辰, 公入都賀平亂. 王喜, 手寫公眞, 並几杖以賜. 令二
子扶掖出端門, 皆異恩也. 及歸, 傾朝出餞, 一時名碩如 牧隱 樵隱
諸公, 爲詩文以張大. 辛禑 五年 己未 七月, 公卒, 年九十三. 官
至推誠保節佐理功臣, 三重大匡 判三司事 上護軍 直誠君, 贈謚靖
平公. 公以令德崇勳, 爲六朝元老, 亨大耋以終. 顧家藏文獻不傳,
其見於東史者, 大畧如此也. 公配陁陽郡夫人 陽城李氏, 開城尹梃
之女. 生二男二女, 男得壽密直代言, 得齡典書. 女適興海君裵佺,
通禮門副使金悟. 內外子孫多名賢, 不可盡書也. 公之眞, 佚於兵

火. 獨公遺址在一直 松洞者, 尚可指認也. 士林想慕公無窮, 將樹
石以表之. 嗚呼, 公告老歸十二年, 而有紅賊之變. 公沒十四年, 而
麗運訖, 公之進退存沒, 關國家治亂興亡, 盖可見矣. 抑公年未至而
退, 若有以見於幾先者. 而又能以壽考, 先圃牧諸賢以沒, 身與名俱
全. 詩云, 旣明且哲, 以保其身, 又曰, 愷悌君子, 神所明勞, 公之
謂也.

輸忠竭誠奮武功臣 大匡輔國崇祿大夫 議政府右議政 兼領 經筵事
監 春秋館事 豐原府院君 趙顯命記

비면碑面의 대자大字

高麗　推誠保節佐理功臣　三重大匡　判三司事　直誠君　諡靖平公
孫洪亮　遺墟碑

고려 추성보절좌리공신 삼중대광 판삼사사 직성군 시정평공 손홍
량 유허비

좌의정(左議政) 서명균(徐命均)175) 글씨를 씀[書].

비음碑陰의 소자小字

생원 권서(權紓)176) 글씨를 씀[書]. 호(號) 양의당(兩宜堂)

---

175) 서명균(1680~1745): 자는 평보(平甫), 호는 송현(松峴), 본관은 대구(大丘),
　　시호는 문익(文翼)이다. 1705년(숙종 31)에 진사, 1710년 문과에 합격, 1731
　　년 판돈녕부사(判敦寧府事), 이듬해 우의정·좌의정을 지냈다. 글씨를 잘 썼으
　　며 청렴하기로 이름 높았다.
176) 권서(1698~1780): 자는 중암(仲巖), 호는 양의당(兩宜堂), 본관은 안동이다.
　　1727년(영조 3)에 생원시에 합격하였다. 문집이 있다.

○ 攷族譜, 始祖諱幹, 於靖平公爲高祖, 而靖平公, 當麗末. 其間四代, 恐不至五百年, 遺事及碑陰, 始祖, 奉羅王次一直之云, 恐有記傳之誤. 諱 幹 一字, 姑不刊如何. [註]: 密陽本孫書
[註]: 今按族譜, 孫諱幹, 爲公高祖之文, 此亦未詳.

족보를 고찰하면, 시조 휘(諱) 간(幹)은 정평공의 고조부가 되는데, 정평공은 고려 말의 사람이다. 그 사이가 4대로 아마 500년이 되지는 않을 것인데, 유사(遺事)와 비음(碑陰: 비문)에 "시조가 신라왕이 일직에 이르렀을 때 받들어 모셨다."라고 하였으니, 아마 전하는 기록에 오류가 있는 것 같다. 휘(諱) 간(幹) 1자는 보류해 두고 간행할 때 넣지 않는 것이 어떻겠는가? 주(註): 밀양의 본손이 씀.

주(註): 지금 족보를 살펴보면, 손간(孫諱幹)은 정평공의 고조부가 된다. 이 또한 알 수 없다.

○ 孫君通萬甫, 與孫君聖應甫, 以竪碑用貲金, 谷土地之契券, 還

屬士林. 以士林之寓慕經紀, 有素故也. 金上舍聖文甫, 與面中僉
員, 鄭重商量, 而終不得辭. 盖有感於本孫, 積累之誠, 與勞也. 而
先生之高風遺韻, 亦可徵也. 畏壘尸祝之奉, 雖拘於 邦制, 而鄉賢
祭社之義, 寧無揭虔之道乎. 矧乎追遠尚德之誠, 不以內外而有間,
則惟在諸君勉之
外裔 永嘉 權斗揆 謹識

　손군 통만(孫君 通萬) 보(甫)177)와 손군 성응(孫君 聖應) 보(甫)
가 비석을 건립하는 비용으로 골짝 토지[谷土地] 계약문서를 사림
(士林)에 보내어 왔다. 사림에서도 추모[寓慕]하려는 마음이 있었
던 까닭으로 김상사 성문(金上舍 聖文) 보(甫)와 면중(面中)의 모
든 회원이 깊이 생각하였는데 사양하지 못하였다.

　대개 본손들이 여러 해 동안 저축한 정성과 노력에 느끼는 바가
있었기 때문이다. 선생의 고풍유운(高風遺韻)을 또한 가히 징험할
수 있다. 외루(畏壘)에서 제향을 드리고자 하였으나, 나라의 제도에
막혀 향현을 사(社)에서 제향을 드림에 어찌 경건하지 않겠는가?
하물며 추모하며 덕을 숭상하는 정성에 내외의 다름이 있겠는가?
오직 제군들이 권면함이 있을진저!

　외예(外裔) 영가(永嘉) 권두규(權斗揆) 근지(謹識)

---

177) 보(甫): '님 보' 이다.

봉안문[178]

奉安文

이광정(李光靖)[179], 호(號) 소산(小山)

於惟我公 아! 우리 공은

資挺宏偉 자질이 빼어나시고 기량은 크며

性賦恢曠 부여받은 성품은 너그러웠네.

濟物之志 세상을 구제하려는 뜻이 있어

鎭俗之量 세속의 풍습을 고치려는 생각이 있었네.

素履廉謹 검소하고 청렴하였으며

朝著侃誾 조정에서는 강직하면서도 온화하였네.

一代名公 한 시대의 명공(名公)으로

五朝元勳 다섯 임금의 조정에서 원로로서 공로가 있었네.

愛君雖切 임금을 사랑함이 비록 간절하였으나

軒冕非樂 조정에서는 즐거워하지 않았네.

年至告老 나이가 이르러 늙음을 고하니

路歎車百 사람들이 길에서 탄식하며 수레가 백 리였네.

不殆不辱 위태롭지도 않았고 욕됨도 없었으니

---

178) 『小山先生文集』, 권10 祝文, 〈阤陽里社 孫靖平公 洪亮 奉安文〉

179) 이광정(1714~1789). 자는 휴문(休文), 호는 소산(小山), 본관은 한산(韓山)
   이다. 이상정의 아우이다. 문집이 있다.

94

二疏同轍 이소(二疏)[180]와 같이 행하였네.

紅賊竊發 홍건적이 침범하니

大駕南遷 임금께서 남쪽으로 파천하였네.

野服黃冠 평민의 복장과 황색의 관을 쓰고

迎拜馬前 임금의 말 앞에서 맞이하였네.

王曰嘉哉 왕께서 말씀하시기를 "아름답다

一直之人 일직인이여"라고 하셨네.

大亂甫平 큰 난리가 겨우 평정된 뒤

千里賀陳 천 리의 개경으로 가서 하례하였네.

綃眞賜杖 임금께서 영정을 그리고 지팡이를 하사하였네.

綠野光生 녹야당[181]과 같은 빛나는 생애

公在朝淸 공이 조정에 있을 때에는 맑았고

公去兵腥 공께서 떠나니 전란의 피비린내가 일어났네.

公退于鄕 공께서 고향으로 돌아간 뒤

備膺五福 오복이 갖추어졌네.

左山右水 산수를 벗 삼아 누리시고

觴詠自適 술잔을 기울이며 시를 읊고 유유자적하셨네.

九十三年 구십삼 세의 수(壽)를 누리시니

燁如仙鶴 빛나기가 신선과 학과 같았네.

易著知幾 주역에는 기미를 안다[182]고 하였으며

詩稱明哲 시경에는 밝고 지혜롭다고 칭하였네.

---

180) 이상정의 서문 주석 참조.
181) 이색(李穡)의 시 주석 참조.
182) 이광정(李光庭)이 지은 〈고려 판삼사 치사 손정평공 유허비명〉 주석 참조.

孤忠遠識 고신(孤臣)의 충(忠)을 멀리서 아시니
頑廉懦立 완악한 사람은 청렴해지고 나약한 사람은 자립할 수
　　　　있었네.
千載遺響 천 년에 남길 울림의 향기여
不墜如昨 명성이 떨어지지 않으니 어제와 같네.
可祭於社 사당에서 제향을 드림이 가하니
公議久鬱 공론이 있었으나 오랫동안 이루어지지 않았네.
一區桑梓 한 지역의 고향 사람들이
杖屨留馥 유허지에 향기를 남겼네.
相地定方 지역에서 정하니
像位儼然 위패가 근엄하였네.
洋洋不昧 성대한 영령이여 어둡지 않다면
陟降後先 앞뒤에서 오르고 내리시어
惠我光明 우리에게 광명의 은혜를 주시고
歆我蠲虔 경건하게 드리오니 흠향하시옵소서.

상향축문

常享祝文

이광정(李光靖), 호(號) 소산(小山)

耆耈六朝, 謝事二疏. 澤厚流光, 尸祝遺墟.

여섯 조정의 원로로 지혜로우셨고
사양하고 물러나니 이소(二疏)와 같으셨네.
두터운 은택이 빛나고 넘치니
유허지에 봉안하고 제향을 드립니다.

타양승원시 사적

陁陽陞院時 事蹟

신유년(영조 17, 1741) 8월 19일

지주(地主) 이경운(李庚運)이 예리(禮吏)[183]로 하여금 본 사(社)[184]에 사통(私通)[185]을 보내어 물었는데, 본 사(社)의 주향(主享)과 배향(配享), 관직과 성명, 위패의 수 및 창건의 사적과 창건연월을 속히 기록해서 올리도록 청하였다.

며칠 뒤 지주가 본 사에 전언하기를 이곳은 이미 두 선생을 배향하는 곳이니 서원으로 승격하여 존봉(尊奉)하는 것이 마땅하니, 손(孫)선생의 본손(本孫)과 고을의 유생들에게 통문을 보내도록 하였다. 또 서울에도 올려 보내도록 하고, 본부(本府)와 감영(監營)[186]에 정문(呈文)[187]을 하도록 하였다.

24일 면(面) 중의 장로들이 대산서당(大山書堂)에서 모였는데, 사장(社長: 타양리사의 책임자) 권양(權襄)과 마을의 귀호(龜湖) 장로(長老)를 비롯한 여러 장로가 모두 모였다. 이에 정문을 짓고

---

183) 예방(禮房)의 아전임.

184) 사(社)는 타양리사(陁陽里社)이다. 타양서원으로 승격하기 이전의 사당 명칭이다.

185) 개인이 보내는 통문.

186) 본부는 안동부를 말하고 감영은 경상감영을 말한다.

187) 정문(呈文): 관아에 소지(所志)를 올리는 글.

수성(壽城)과 다원(茶院) 본손[188]에게 급히 편지를 보내었다.

25일 유생 이종련(李宗璉), 남시회(南時會)가 부(府)에 들어가 정문(呈文)을 올렸다.

정문에 말하기를

"엎드려 바라옵건대, 우리 일직현 타양리사(陁陽里社)는 곧 정평 손선생과 상촌 김선생 양현(兩賢)을 봉안한 곳입니다. 손선생은 고려조의 명재상(名宰相)으로 늙음을 이유로 벼슬에서 물러나 고향으로 돌아왔습니다. 높은 기풍과 남긴 자취가 백세가 지난 뒤에도 잊지 못할 것입니다. 고을의 후생들이 유허지 곁에 사(社)를 세워 봄·가을로 제향을 드리고 있습니다. 또 상촌 김선생은 실로 우리 손선생의 외손으로 남기신 향기가 이곳에 있는 까닭으로 특별히 병향(幷享)을 하였습니다.

대개 한 지역의 사림에게 병이(秉彝)[189]를 발하게 하였는데, 다만 일을 할 때 경황이 없어 리사(里社)라고 칭하였습니다. 사당의 모양과 처음 창건할 때의 의식이 미비하여, 존현상덕(尊賢尙德)의 뜻을 다 나타내지 못하여, 사림들이 개탄한 지 오래되었습니다. 이에 공의(公議)를 발하였는데, 오래될수록 더욱 간절하여 리사(里社)의 이름을 서원으로 승격시키고자 합니다.

대개 서원과 사(社)가 처음에는 다를 것이 없었으나 규모의 크고 작음의 구별이 있습니다. 선비들이 숭상하는 것에는 비록 피차(彼此)가 없으나 사례의 간략함과 절차의 융쇄(隆殺)[190]가 있습니다.

---

188) 대구의 수성과 밀양의 다원이다. 당시 후손들이 많이 거주하던 곳이다.
189) 배행검의 〈정평공 유사 후기〉 주석 참조.

사론(士論)을 이미 발하여 공의(公議)가 정해졌으나, 일을 해결하는 데 어려움이 있어 함께 부르짖으니, 엎드려 바라옵건대, 합하(閤下)께서는 여론을 감영(監營)에 보고하시어, 사(祠)가 서원으로 승격되어 한 지방 유림들의 여망에 부응할 수 있도록 굽어살펴 주십시오."

라고 하였다.

제(題)191)에 말하기를

"손선생은 제상의 지위에서 나라를 위해 최선을 다해 일한 것을 고향에서 잘 갖추어 기술하였습니다. 다만 한 고을의 원로 일뿐만이 아니라 일국의 원로이니, 향선생(鄕先生)이 돌아가시면 사(祠)에서 제향을 드린다는 것과 동등하게 비교하는 것은 옳지 않습니다. 하물며, 김선생의 충효대절(忠孝大節)은 정포은(鄭圃隱)과 더불어 고금에 아름다운 것입니다. 선생이 태어난 곳에 할아버지와 손자를 함께 존양하는 것은 백세의 아래에도 상상하면 보기에 족함이 있습니다. 오히려 사(祠)에서 제향을 드리는 사례만 실시하고, 서원에서 제향을 드리는 의논이 갖추어지지 않았다면 이는 진실로 고을의 흠결입니다. 그러면 후세의 관문(關文)에 또 이 사례를 중한 법으로 여길 것입니다. 영읍(營邑)의 뜻에만 의존하고 능히 스스로 행하지 못한다면 지금 전보(轉報)는 운운(云云)192). 아마 사체(事體)와 법의(法意)의 사이를 살피지 못할 것을 염려하니, 물러나 고을의 사람들

---

190) 융쇄(隆殺): 높이고 낮추는 절차.
191) 제(題): 제음(題音). 정문(呈文)에 대한 안동부사의 답변을 말함.
192) 이 부분에서 운운(云云)한 것은 제음의 내용을 줄인 것이다.

과 더불어 널리 방문하고 의논하여 숭봉(崇奉)의 정성을 마땅히 할
것."
　이라고 하였다.

陋陽陞院時 事蹟

辛酉八月十九日，地主李庚運，使禮吏，私通于社中，探問本社，主享 配享 官職 姓諱 位數，及創建事蹟 年月，卽速修上．云云．後數日，地主傳語本社，卽是兩先生，配享之所，則可以陞院，尊奉當轉，通于孫先生之本孫，與鄉中儒生．趁卽上京，且呈文于本府及監營，云云．二十四日，面中長老，會大山書堂，社長權襄，及本村龜湖諸長老，皆會．仍製呈文，又捐簡急通于壽城茶院本孫．二十五日，呈文儒生李宗璉 南時會八府．呈文曰，伏以，惟我一直縣 陋陽陽里社，卽靖平孫先生，桑村金先生，兩賢妥靈之所也．孫先生，以麗朝名相，退老于家．高風遺韻，百世難諠．鄉吏後生，立社於遺墟之傍，以爲春秋報享之地．復以桑村金先生，實是我孫先生之外孫，其遺躅餘芳，尤在於此土故，特爲幷享焉．盖皆一方士林，秉彝之所發，而但事力未遑，只稱里社．廟貌草刱儀式，未備．殊非所以尊賢尚德之義，士論之慨惋於玆，久矣．玆者，公議之發，久而益切，竊欲陞里社之號，以躋書院之名．夫院之與社，初無爾殊，而體面差有大小之別．士之崇報，雖無彼此，而事例略有隆殺之節．士論已發，公議已定，而事難擅便，相率齊籲．伏乞，閣下俯察輿情論，報營門，陞社爲院, 以副一方士子之望.

題曰, 孫先生之致位, 槐棘畢命, 桑梓前人之述, 備矣. 非但爲一鄉之大老, 將爲一國之大老, 則不可與鄉先生沒, 而祭社者, 比而同之. 況金先生, 忠孝大節, 直與鄭圃隱, 幷美於今古, 而爲先生之所自出, 則祖若孫之所存養者, 有足以想見於百世之下. 尚在社侑之例, 不備院享之議者, 誠此鄉之欠事. 後世之闕文, 第此事體, 旣重法. 意有在營邑, 有不能自專, 則今此轉報, 云云. 恐未及察於事體, 法意之間. 退與鄉黨士林, 博訪而廣議之盡, 吾崇奉之誠, 宜當事.

9월 초파일

유생 김경찬(金庚燦)이 감영(監營)에 들어가 정문(呈文)을 올렸다.

정문에 말하기를

"엎드려 바라옵건대, 존현(尊賢)을 사당에 모실 때 살았던 유허지(遺墟址)에 세우는 것은, 비단 후생이 경모(敬慕)하기 위한 것만이 아니라, 남들과 다른 특별한 것이 있기 때문입니다.

실상 선배들이 향기를 전파하신 곳이 있으니, 우리 일직현의 타양리사(陁陽里社)는 정평공(靖平公) 손선생, 상촌(桑村) 김선생 양현(兩賢)을 봉안한 곳입니다. 두 선생의 높은 기풍과 뛰어난 절조(節操)가 국승(國乘)에 실려 있고, 사람들에게 회자(膾炙)되어 전하고 있으니 낱낱이 예를 들 필요가 없습니다. 오직 이 타양의 한 지역은 곧 손선생의 옛 마을이고, 김선생 또한 손생의 외손으로 남긴 발자취의 향기도 이곳에 있습니다. 그러므로 한 읍(邑)의 많은 선비들이 사(社)를 세우고 병향(幷享)을 하였던 것입니다.

대개 세월이 더욱 오래되어도 잊지 못하는 의미가 있으니, 두

선생의 덕행과 절의로 말하면 사(社)에서 제향을 드릴 뿐만이 아닙니다. 또 사당 건립을 급히 서두르다 보니 사당의 모양을 제대로 갖추지 못하였고, 의식도 미비하였습니다. 아직 사(社)에서 제향을 드리는 반열에 있고, 서원으로 승격하지 못하고 제향을 거행하고 있습니다. 이는 진실로 우리 고을의 흠결이니 많은 선비들이 개탄하고 답답해한 지 오래되었습니다.

또 인계(仁溪)의 사(社)에는 또 상촌(桑村) 김선생과 지산(芝山) 김선생[193]을 병향(并享)하고 있습니다. 승원(陞院)의 의논을 발의함에 이르러 현인을 높이고 덕을 좋아하는 정성과 마음은 마땅히 원근(遠近)과 피차(彼此)의 구별이 없습니다. 또 엎드려 생각하건대, 타양은 진실로 상촌선생의 장리지소(杖履之所)[194]이고 조손(祖孫)이 병향(并享)되어 있으니 신인(神人)의 이치에 합당합니다. 인계는 궁벽한 곳으로 한 읍(邑)에서 깊숙하고 험한 산골짜기로 유허지와 백리(百里) 밖에 있습니다. 또 하물며 지산과 상촌의 세대가 서로 멀고 오히려 조손이 함께 배향된 곳과는 같지 않습니다. 그러면 이곳은 사(社)이고 저곳은 원(院)이 되니 또한 어찌 식자(識者)의 헤아림이 없겠습니까?

이에 한 고을의 유생들이 함께 덕을 숭상하고 학문을 존중하는 합하(閤下)게 호소를 드리오니, 엎드려 바라옵건대, 합하께서는 여론을 굽어살피시고 사리(事理)를 참작하여, 한편으로는 널리 높이고 숭상하는 기풍을 이루고, 한편으로는 많은 선비들의 소망

---

193) 퇴계의 문인인 김팔원(金八元, 1524~1569)을 말함. 자는 순거(舜擧), 호는 지산(芝山), 본관은 강릉이다. 문과에 합격하여 예조좌랑, 용궁현감을 역임하였다.
194) 살던 곳. 유허지를 말함.

에 부응할 수 있도록 하여주십시오."

라고 하였다.

제(題)에 말하기를

"상촌을 제향하는 곳이 인계(仁溪)에 있고 지산과 병향하고 있는데 의조(儀曺: 예조)에 올려서 승원(陞院)에 이르더라도, 공의(公議)가 비록 이와 같으면 한 고을에 첩설(疊設)195)의 혐의를 면할 수 없을 것입니다.

다만 상촌은 손선생의 외손이 되고 그 리사(里社) 또한 선생의 유허지와 가까우니 신령의 이치와 인정에 견주어 볼 수 있을 것입니다. 인계는 비단 유허지의 백 리 밖에 있을 뿐만이 아니라 지산(芝山)은 퇴도(退陶)의 문인이고, 세대(世代)의 계승이 서로 단절되고 살았던 곳도 각기 다릅니다. 이곳은 사(社)가 되고 저곳은 원(院)이 되니 논의한 사람들의 뜻을 알 수 없으니 논의를 어떻게 해야 되겠습니까? 이 또한 중도를 잃은 것이니, 정도(正道)와 권도(權道)를 지극히 마땅하게 할 것."

이라고 하였다.

---

195) 첩설: 중복해서 설치하는 것.

九月初八日，儒生 金庚燦，入呈．呈文曰，伏以，尊賢立祠，必就杖
屨遺墟之地者，不但爲後生景慕之，自別．實爲先輩播馥之攸在，則
惟我一直縣，陜陽里社，卽靖平公先生，桑村金先生，兩賢妥靈之所
也．兩先生高風卓節，昭載 國乘，膾傳人口，不必枚擧．而惟此陜
陽一區，乃是孫先生故里，金先生，亦以孫先生之外孫，遺躅餘芳，
尤在於此土．故，一邑多士之立社，而幷享之者．盖出於愈久，不忘
之意．以兩先生，德行節義，言之，則不但可祭於社而已．第其廟貌
草草，儀式未備．尚在社侑之列，未陞院享之儀．此誠一鄉之欠事，
多士之慨欝，久矣．迺者，仁溪之社，又以桑村先生，與芝山金先生，
幷享．而至發陞院之議，其尊賢好德之誠心，宜無遠邇彼此之別．而
第伏念陜陽，固桑村先生，杖屨之所，而祖孫幷享，允合於神人之
理．仁溪則僻處，一邑之窮峽，在遺墟百里之外．又況芝山之於桑
村，世代之相遠，猶莫如祖孫之幷享．則此爲社而彼爲院，亦豈無識
者之商量乎．兹與一鄉章甫，相率齊籲于閤下，崇德右文之下，伏願
閤下，俯察輿情參酌事理，一以廣尊尚之風，一以副多士之願．

題曰，桑村俎豆之所，在於仁溪，與芝山幷享，呈儀曹，至於陞院，則公議雖如此，一鄕兩院不免疊設之嫌．但桑村，卽孫先生之外孫，其里社，亦近於先生杖屨之遺墟，則神理人情，此爲較．其仁溪，則不但在遺墟百里之外，芝山爲退陶之門，第則世級相絕，所處各異．爲社而彼爲院，未知有議者，論以爲如何耳？此亦執中而不失，其經權爲至當向事．

신유(辛酉) 11월 초하루에 도착한 관문196)

도착한 관문. 예조의 관문(關文) 내에 도내의 안동 김경찬 등이 올린 단자(單子) 내에 생등(生等)은 영남의 모퉁이에서 생장(生長)하여, 장단점(長短點)을 아는 바가 없습니다. 무릇 선비의 관을 쓰고 선비의 옷을 입는 것은 선유(先賢)의 가르침 덕택입니다. 진실로 능히 선배의 도를 천양(闡揚)하고, 전인(前人)의 지위를 높이고 숭상하는 것을 어찌 번거롭고 수고스럽다고 하여 싫어할 수 있겠습니까? 정성을 다하고 그 실상을 칭송하는 것을 생각하지 않으리오.

우리 안동 일직현의 타양리사(陁陽里社)는 정평공 손홍량 선생과 상촌 김자수 선생 두 분을 봉안한 곳입니다. 손선생은 고려 말에 이름난 재상으로 다섯 조정에 종사하고 벼슬이 삼중대광에 올랐고, 나이가 많음을 이유로 물러나기를 청하시고 고향 집으로 돌아왔습니다. 당시의 명현(名賢) 목은(牧隱)과 초은(樵隱)이 모두 시를 지어 전별을 하였습니다. 목은의 시에 말하기를 "공이 조정에 있을 때에는 맑았으나, 공이 떠난 후에는 전쟁의 비린내가 들립니다."라고 하였습니다.

현릉(玄陵: 공민왕)께서 남쪽으로 피난을 오셨을 때, 말 머리에서 임금을 맞이하니, 현릉께서 아름답게 여기시고, 말씀하시기를 "그대는 진실로 일직인입니다."라고 하시고 직성군(直城君)에 봉하였습니다. 진영(眞影)을 그리고 지팡이를 내려 주었습니다. 타계하시

---

196) 이 글은 예조(禮曹)에서 내린 관문(關文)이다. 회관(回關)이라고도 한다.

니 시호를 정평(靖平)이라고 하였습니다.

일직은 선생의 유허지이고 김선생은 손선생의 외손입니다. 천성이 지극히 효성스러워 어머니께서 돌아가시자 여묘에서 3년간 시묘(侍墓)를 하였습니다. 이 일이 나라에 알려져 정려가 내렸습니다. 선생은 또 포은, 목은 등 여러 공들과 도의로 서로 사귀었습니다. 목은이 자설(字說)을 지어 주었습니다. 조정에서 벼슬할 때 불교를 배척하는 항소(抗疏)를 올렸는데, 정직한 기풍은 완악한 사람은 청렴해지고 나약한 사람은 뜻을 세우게 되었습니다.

왕조가 조선으로 바뀐 후 형조판서로 불렀는데, 선생은 탄식하며 말하기를 "신하가 되어 나라가 망하면 하면 함께 망하는 것이 의(義)이다. 내가 평생 충효로서 스스로를 권면하였는데, 지금 만약 나 자신을 잃어버린다면 지하에서 무슨 면목으로 군부(君父)를 볼 수 있으리오."라고 하고, 드디어 상을 치를 도구를 가지고 자손을 뒤따르게 하고 광주(廣州)의 추령(秋嶺)에 이르러 자손에게 유언하기를 "내 이곳에서 죽을 것이니 마땅히 이곳에 장사를 하도록 하라."고 하시고 절명시(絶命詩)를 지으니, 시에 말하기를 "평생 충효에 뜻을 두었는데, 오늘 누가 알리오, 한번은 죽는 것이니 내가 어찌 한하리오, 구원(九原)197)에 응당히 기약함이 있거늘.[平生忠孝意, 今日有誰知, 一死吾何恨, 九原應有期.]"이라 하고, 드디어 자결하셨습니다.

자손들이 유언에 따라 추령에 장사지냈으니, 대개 포은(圃隱)의

---

197) 구원(九原): 무덤, 저승.

묘가 또한 추령에 있기 때문입니다. 선생의 충효대절이 천고에 밝게 빛이 날 것이니, 진실로 후인의 찬미를 바라지 않았던 것입니다.

오직 안동은 선생의 고향이고, 일직은 선생의 외가이니, 이는 포은이 영천에, 야은(冶隱)이 일선(一善)198)에 고향인 것과 같습니다. 그러므로 사림에서 사당을 건립하여 높이 받들어 온지 오래되었습니다.

조손(祖孫)을 한 사당에 모시는 것은 인정(人情)과 예(禮) 두 가지를 다한 것입니다. 그 처음 설계하여 건립한 뜻이 영주(永州: 영천)의 임고(臨皐)와 일선의 오산(烏山)199)의 아래에 있지 않습니다. 또 사당의 모양이 옛날의 의식을 갖추지 못했으며 사(社)에서 제향을 드리는 반열에 있습니다. 그러나 관향(官享)의 은전을 입지 못하였으니 기뻐하지 못합니다. 두 선생의 덕업과 절의를 말씀드린다면 "향(鄕)선생이 타계하면 사(社)에서 제사를 드리는 것"과 비교하면 같지 않습니다만, 아직 서원을 성취하지 못하였습니다. 세월이 흘러 오늘에 이르러 공의(公議)도 답답하고 개탄스럽습니다. 어찌 이와 같이 궁할 때가 있습니까?

그러나 다만 상촌선생이 남긴 뜻은 후인들에게 칭찬받고자 하는 것이 아니기 때문에 자손들이 차마 어기지 못하고, 사림 또한 차마 어기지 못한 것이 지금 400여 년이 되었습니다. 만일에 한결같이 입을 다물고 감춘다면 아마 천년의 뒤에는 선생의 지극한 효도와 깨끗한 충절이 발휘될 날이 없을 것입니다. 이 어찌 크게 개탄할 일

---

198) 야은(冶隱): 길재의 호, 일선은 선산의 옛 이름이다.
199) 금오산을 말함.

이 아니겠습니까? 아! 지금 안동의 성남(城南)을 지목하여 선생의 유허가 분명하다고 합니다. 효자비가 우뚝 서 있으니 지나가는 사람들이 공경하고 칭찬이 자자합니다. 타양의 사(社)와 거리가 30리에 불과하고 평소 노닐던 향기와 풍운이 남아있어 잘 계승한다면 제향을 드릴 때 거의 상상할 수 있을 것이니 흠모의 마음이 크게 일어나 능히 스스로 그만둘 수 없을 것입니다.

이에 일제히 의논을 발하고 합심하여 말씀을 본부(本府)에 올리고 감영(監營)에 고하고, 다시 발이 아프게 올라와서 호소하옵니다. 엎드려 바라옵건대, 본도에 관문을 내려 특별히 제향을 드리는 날에 향촉을 돕고 의식과 제물을 제공하여 특별히 제향하는 날에 향촉(香燭)을 밝히게 하시고, 의식과 제물을 더할 수 있도록 하여주십시오. 운운(云云).

관내 두 선생이 남긴 기풍과 향기가 사람으로 하여금 감격하게 하니 향촉과 제수를 인계(仁溪)와 지천(知川)에서 이미 시행한 사례에 의거 본관으로부터 이와 같이 시행하라는 뜻을 말하였으니 그렇게 알라.[200]

신유 11월 26일에 관문(關文)을 하였는데, 관문 내의 말을 삼고하면 타양리사(陁陽里社)에도 동등하게 향촉과 제수를 도와 사례에 의거 거행함이 마땅함.[201]

---

200) 이 부분은 예조의 제음(題音)이다.
201) 이 부분은 관문을 받은 이후 안동부사가 보낸 제음(題音)이다.

卽到付, 禮曹關內, 道內安東 金庚燦等, 呈單內, 生等, 生長嶺陬, 無所短長. 几所以冠儒而服儒者, 莫非先賢化育之澤也. 苟能有闡揚先輩之道, 尊尙前人之地者, 豈敢嫌於煩瀆, 不思所以盡其誠稱其情乎? 惟我安東一直縣, 陶陽里社, 卽靖平公孫先生 諱洪亮, 桑村金先生 諱自粹, 兩賢妥靈之所也. 孫先生, 以麗李名相, 歷事 五朝, 位躋三重而引年乞骸, 歸老于家. 當時名賢, 與牧隱 樵隱, 皆有贈詩. 而牧隱之詩曰, 公在朝廷淸, 公去聞兵腥. 及 玄陵南狩之日, 迎拜于馬首, 則 玄陵嘉之曰, 子誠一直之人也. 遂封直城君爲之. 寫其眞, 錫其杖. 其沒也, 謚曰, 靖平, 而一直爲先生遺墟, 金先生, 以孫先生之外孫. 天性至孝, 母沒盧墓三年. 事聞旌閭. 先生又與圃隱 牧隱諸公, 以道義相善. 牧隱作字說, 以貽之. 及仕朝之日, 抗疏斥佛而正直之風, 至今廉頑立懦. 逮我 朝受禪之後, 以刑曹判書徵之, 先生乃歎曰, 爲人臣而國亡, 與亡義也. 吾平生以忠孝, 自勵, 今若失身, 何面目見君父於地下也. 遂以凶具隨之, 行至廣陵秋嶺, 遺命子孫曰, 吾死於此, 宜葬於此. 因作絕命詞曰, 平生忠孝意, 今日有誰知, 一死吾何恨, 九原應有期, 遂自決. 子孫遵遺命, 葬秋嶺, 盖以圃隱墓, 亦在秋嶺故也. 先生忠孝大節, 炳烺千古, 固不待後人之揄揚. 而惟此安東爲先生故址, 一直爲先生之外鄉, 則是猶圃隱之於永州, 冶隱之於一善也. 故, 士林之建祠, 崇奉, 厥惟久矣. 而祖孫一堂, 情禮兩盡. 其初設. 始建立之意, 不下於永州之臨皋, 一善

之烏山. 而弟其廟貌, 旣舊儀式未備, 尚在社侑之列. 未蒙官享之
典, 嘻嘻. 以兩先生德業節義, 言之, 不可與鄉先生歿, 而可祭於社
者, 比而同之. 而遷就未果. 因循迄, 今公議慨欝, 曷有窮時, 而秖
緣桑村先生之遺意, 不欲襃揚於後來故, 子孫不忍違, 士林亦不忍違
于今四百餘年之久. 而若一向泯默, 終始韜晦, 則窃恐千載之下, 先
生之至孝純忠, 將無發揮之日矣. 是豈非大可慨然者乎. 噫. 目今安
東城南, 先生之遺墟, 宛然. 孝碑屹立, 過者必式, 見者嘖嘖. 而距
陑陽之社, 不過一舍之地, 其杖屨之餘香風韻之留, 襲, 庶可以俯仰
想像, 於俎豆胖蟹之間, 則聳起欽慕之心, 自不能已矣. 兹以齊聲發
論, 同心合辭, 呈于本府, 告于營門, 更此裏是呼籲. 伏願行關本道,
特助香燭於祭享之日, 增餚儀物於旣成之所. 云云.

關內兩先生遺風餘芬, 令人激感, 香燭助需, 既有仁溪知川己例, 自
本官依此施行之意, 帖關知委向事. 辛酉十一月二十六日, 關是置有
亦, 關內辭緣相考, 同陁陽里社, 香燭助需, 依例舉行, 宜當向事.

병산서원 통 타양서원문 무진(1748) 9월

屛山書院 通 陁陽書院文 戊辰 九月

엎드려 공경히 생각하건대, 파산(巴山) 류선생(柳先生)202)은 타고난 자질이 순정(醇靜)하고 포부가 원대하여 동당(同堂)에서 가르침을 갈고 닦아 빛이 났습니다. 일찍이 퇴도(退陶)선생의 문하에 의탁하였는데, "마음을 다스리고 자기의 행실을 바르게 하는 요체로 상하를 두루 관통하여[徹上徹下] 종신토록 실행할 만한 것"에 대해 여쭈었습니다. 선생께서 허여하시며203) "묻기를 간절히 하고 생각을 자신의 가까운 곳에서부터 하라."204)고 하며 장려하였습니다.

학문이 정숙(精熟)하고 혹 조용한 곳에서 서로 따르기를 원하였으며, 또 능히 함께하지 못한 것을 한하였습니다. 그 절차탁마(切磋琢磨)의 유익함이 이와 같이 다 말할 수가 없습니다. 스승의 문하에서 허여하며 장려하였으니 증거하기에 충분함이 명확합니다. 그 당시 동문의 친구들이 서로 추중(推重)하며, 공자 문하의 안씨(安氏)와 같다205)고 칭하였으니, 파산옹(巴山翁)의 조예의 한 단면을 볼

---

202) 류선생: 류중엄(柳仲淹, 1538~1571)을 말한다. 자는 경문(景文), 호는 파산(巴山), 본관은 풍산(豐山)이다. 퇴계의 문인이다.
203) 학문을 또는 공부하려고 하는 마음을 인정한다는 의미.
204) 『논어』 19권 子張, "子夏曰 博學而篤志, 切問而近思, 仁在其中矣."

수 있습니다.206)

대개 이와 같은 선생의 정밀한 학문과 힘써 실천한 실적이 사문을 흥기시키기에 족하며, 서원에서 백세토록 제향을 받을 수 있습니다. 그러나 지금 원(院)의 신설을 금지하여 추향(追享)을 바로 실시하지 못하고 오랫동안 욕례(縟禮)207)를 거행하지 못하였습니다. 때를 기다리며 우리 사림들의 개탄함이 어찌 적다고 이르리오.

엎드려 생각건대, 타양서원은 곧 정평 손선생과 상촌 김선생을 봉안한 곳입니다. 손선생의 덕업은 백 대까지 향기가 흐르고, 김선생의 절의는 천 년 동안 나약한 사람을 일어서게 할 것입니다. 이에 사당을 건립하여 봉안한다면 후학들이 존경하고 사모하는 정성을 가질 것이니, 지금 파산 선생의 학문과 조예가 실로 같은 사당에 함께 병향(幷享)을 하더라도 부끄러울 것이 없을 것입니다. 하물며 파산옹과 양선생은 같은 고을에서 함께 태어나셨고 또 정평공의 외손이 되니 모시는 장소가 다른 곳에 하는 것이 아니라 반드시 이곳에 하는 것이 또한 합당할 것 같은 까닭으로 감히 구구한 견해를 첨군자(僉君子)에게 우러러 고합니다.

도유사(都有司) 남범귀(南範龜)
재유사(齋有司) 김종문(金宗文), 류사목(柳思睦)

---

205) 안씨(顔氏): 안연(顔淵)을 말함. 안자(顔子)라고도 한다.
206) 이상 위의 내용은 『퇴계선생문집』 중 편지와 『도산급문제현록』에 보인다.
207) 위패(位牌)를 봉안하는 의식.

屏山書院 通 陀陽書院文 戊辰 九月

伏以, 恭惟我, 巴山柳先生, 天資醇静, 地步遠大, 薰陶講磨, 於同
堂之內, 已是輝映, 而早得依歸於退陶門下, 爲問治心行之要, 徹上
徹下, 可以終身行之者. 先生許之, 以切問近思獎之. 以學問精熟,
或願其静處相從, 又恨其不能同處, 以資其切磋之益如此, 不可勝
擧, 師門獎許, 有足徵信者, 若是其眞的, 其時同門儕友之相與推
重, 至有孔門顏氏之稱, 則亦可見巴山翁造詣之一端矣. 夫如是, 則
先生精詣之學, 力踐之實, 是以興起斯文, 院享百世, 第緣新設有禁
追享, 無所因循, 時月尚關, 縟儀抑有待於時, 而其爲吾林之慨然
者, 豈謂少也哉.
伏念陀陽書院, 卽 靖平孫先生, 桑村金先生, 安靈之所也. 孫先生
之德業, 流芳百代, 金先生之節義, 起懦千載, 於是乎, 建祠尸祝,
以寓後學, 尊慕之誠, 則今此巴山先生之學問造詣, 實無愧於幷享一
廟, 而況乎巴山翁與兩先生, 生幷一娜, 又爲靖平之外裔, 則尸祝之
所, 不於他而必於此者, 亦似允合故, 敢陳區區之見, 仰告於僉君
子. 云云

都有司 南範龜 齋有司 金宗文 柳思睦

타양서원 답 병산서원문 무진 9월

陶陽書院 答 屏山書院文 戊辰 九月

엎드려 생각건대, 본원은 정평공 손선생과 상촌 김선생을 봉안한 곳입니다. 김선생은 실로 손선생의 외손입니다. 지금 봉안하고자 하는 류선생도 또한 손선생의 외후손이 되니 함께 사당에 모시고 합식(合食)하도록 하는 것이 정리로나 예법으로나 모두 극진하니, 누가 이 주선에 공경히 뜻을 같이하지 않으리오.

도유사(都有司) 이 운(李 壈)
재유사(齋有司) 남종오(南鍾五)
　　　　　　　김필동(金弼東)
제 통(製 通) 김경찬(金庚燦)
　　　　　　　이영발(李永發)

陀陽書院答屏山書院文 戊辰 九月

伏以, 本院, 卽靖平孫先生, 桑村金先生, 安靈之所. 而金先生實爲
孫先生之外孫. 今我柳先生, 亦爲孫先生之外商, 則合食一堂, 情禮
兩盡, 孰不聳起而周章哉. 云云

都有司 李 塏
齋有司 南鍾五
　　　 金弼東
製通　 金庚燦
　　　 李永發

유허비 음기
遺墟碑 陰記

　광정(光庭)은 일찍이 학업에 싫증이 나서 남주(南州)를 유람하였는데, 절도사 손군 명대(孫君 命大)와 함께 즐거이 놀았다. 군(君)이 탄식하며 말하기를 "우리 손씨는 본래 복주(福州)의 일직인입니다. 비조(鼻祖) 정평공(靖平公)께서는 고려에서 크게 명성이 있었는데, 그 정충직절(貞忠直節)이 마땅히 후세에 빛이 나야 하는데 돌아보면 지금에 이르기까지 적막합니다."라고 하였다.

　후에 군이 복주의 인사들이 정평공의 사당 건립을 논의할 때 돈 1만 냥을 비용으로 부조하였다는 말을 들었다. 사당이 이루어지기 전에 군이 타계하였다. 지난번 이군 정섭(李君 廷燮)이 배군 행검(裴君 行儉)이 기록한 〈정평공 유사(靖平公 遺事)〉 1통을 나에게 주면서 말하기를, "정평공 제향(祭享)에 대한 논의가 나라에서 금지하는 법령에 막혀서 감히 실행하지 못하였습니다. 내가208) 유허지에 나아가 돌아보니 나무와 돌에 남기신 유적이 겨우 남아 있었습니다. 후손들에게 이곳이 정평공이 살았던 거주지임을 알게 하여야 합니다."라고 하고 "원컨대 선생께서 나타낼 수 있게 해 주십시오."라고 하였다.

---

208) 원문의 모(謀)는 모(某)의 오기로 보인다. 이정섭이다.

내가 놀라 마땅한 사람이 아니라고 사양하였으나209) 지난날 절도사 군(君)이 말한 것을 생각하며 그 뜻을 안타깝게 여기고 또 내가 외예손이 되므로 감히 사양하지 못하였다.

살피건대, 공의 휘는 홍량(洪亮)이고, 본래 성(姓)은 순씨(荀氏)이다. 고려 현종의 휘(諱)를 피하여 손씨(孫氏)로 사성되었다. 본관은 일직(一直)이다. 관직에 종사함에 크게 드러나 대신에 올랐으나 65세에 관직에서 물러나 집에서 노년을 보내었다.

현릉210)이 홍건적의 난리로 복주에 피난하였는데, 공이 당시에 나이가 77세였다. 긴 눈썹과 흰 머리로 길에서 임금을 맞이하였다. 난리가 평정된 이듬해 개경에 올라가 임금을 배알하였다. 임금께서는 그의 충(忠)을 아름답게 여기고 친히 공의 진영(眞影)을 그리고, 지팡이를 하사하였다. 공의 아들 득수(得壽), 득령(得齡)에게 명하여 공을 보호하여 귀향하라고 하시고, 말씀하시기를, "지팡이가 자식만 같지 못하나, 공은 또한 지팡이를 짚고 가심이 좋을 것 같습니다."라고 하였다.

선인(善人)은 나라의 지팡이인데, 현릉(玄陵)이 공을 지팡이로 삼지 않고, 공의 아들로 하여금 지팡이로 삼아 돌아가게 하였다. 공이 구조(耉造)의 덕(德)211)을 능히 나라에 내려 줄 수 없었기

---

209) 비문을 지을 만한 사람이 되지 못함을 말하는 겸사이다.
210) 공민왕을 말함.
211) 국가의 원로를 예우하면서 그 경륜을 펼치게 한다면 태평 시대를 구가할 수도 있으리라는 말이다. '구조의 덕'은 노성한 원로의 덕이라는 의미. 『서경』〈군석(君奭)〉에 주공(周公)이 소공(召公)에게 "그대와 같은 구조의 덕을 하늘이 장차 내리지 않는다면, 우리는 봉황의 소리를 다시 듣지 못하게 될 수도

때문이다.

공은 귀향한 지 16년,[212] 우왕 5년(1379) 기미년에 돌아가시니 나이가 93세였다. 관직을 역임한 유적이 병화에 잃어버려 그 자세한 것을 삼고할 수 없고 국사에 이미 대체적인 것이 실려 있다. 또 지팡이를 내릴 때 지은 시와 서문이 가히 증거할 수 있다.

공이 조정에 계실 때에는 충순건칙(忠恂謇飭)[213]하였으며 큰 명성이 있었다. 재상의 지위에 올라 나라의 정치가 잘 다스려지자 능력이 없음을 이유로 물러날 것을 청하였으니, 공은 그칠 줄을 알았고, 세속을 떠나 자연에서 노닐었다.

공이 귀향함에 이르러 국가에 비로소 어려움이 많았는데, 이목은(李牧隱)의 시에 말하기를 "공이 조정에 계실 때에는 맑았는데, 공이 떠나시니 병화의 비린내가 들리네."라는 말에서 그 기미를 아는 신묘함을 볼 수 있다. 현릉이 피난을 함에 이르러 감히 늙었다고 물러나거나, 국가의 일에 정성을 다하는 사람이 없었다.[214], 이초은(李樵隱)의 "날씨가 차가우면 뭇 나무들이 시드는데, 송백(松栢)은 오히려 푸르름을 지니고 있다."[215]는 말에서 알 수 있다.

주상(主上)께서 오심을 기뻐하시고, 상산(商山)의 노인[216]과 같

있다.(耆造德不降 我則鳴鳥不聞)"라고 한 말이 나온다.
212) 개성에서 영정과 지팡이를 하사받고 돌아온 후를 말한다.
213) 충순건칙(忠恂謇飭): 충성스럽고 진실하고, 직언을 하고 삼가는 것을 말함.
214) 원문의 비궁지절(匪躬之節)은 자신의 이익을 생각하지 않고 오직 국가의 일에 정성을 다하는 충절을 말한다.
215) 『논어』, 9권 자한(子罕). "子曰 歲寒然後, 知松栢之後彫也."
216) 상산사호(商山四皓): 진(秦)나라 말기에 폭정(暴政)을 피해 상산(商山)에 숨어 살았던 네 명의 노인을 말하는데, 후세에는 나이도 많고 덕도 높은 은사(隱士)를 뜻하는 말로 쓰였다. 사호(四皓)는 동원공(東園公), 기리계(綺里季), 하

이 보았으니 또한 상산(商山)에 이르렀음을 가히 상상해 볼 수 있다.

공의 두 아들은 다 높은 관직에 올랐으며, 따님은 백죽당(栢竹堂) 배상지(裵尙志)와 상촌(桑村) 김자수(金自粹)의 어머니이다. 모두 충효대절(忠孝大節)이 있었으며, 명(命)을 다해 뜻을 이루었으니, 지금까지도 사람들이 자랑으로 여기고 있으니, 또한 그 여풍(餘風)이 후인들에게도 있음을 볼 수 있다. 공의 후손은 대단히 번성했는데 무릇 일직(一直)으로 본관을 사용하는 사람은 모두 공을 중시조로 받든다. 혹은 미미하고 혹은 이사하였는데 밀양에 거주하는 사람은 대족(大族)을 이루었다. 절도사 군(君)도 또한 그 한 사람이다.

복주의 사람들은 외후손이 많은데 배군(裵君)은 백죽(栢竹)의 후손이다. 광정(光庭)도 백죽과 상촌 두 분의 외후손이다.

외후손 통사랑 전 혜릉봉사 평원(平原: 원주) 이광정(李光庭) 기록함.

황공(夏黃公), 녹리선생(甪里先生)을 말한다.

遺墟碑 陰記

光庭嘗倦遊南州，與節度孫君命大，相驩也．君慨然語，吾孫本福之一直縣人．鼻祖 靖平公 有大名于勝國之世，其貞忠直節，冝有以垂耀於後，而顧至今寥寥也．後，君聞福之人士，有爲靖平公，議俎豆者，以錢一萬助其費事．未就而君不幸．乃者，李君廷變，以裴君行儉所記，靖平公遺事一通，授光庭曰，靖平公俎豆之議，拘放邦制，未敢也．謀就遺墟，樹石以載遺烈．使後之來者，知此爲靖平公，故居也．願吾子之有以張之．光庭瞿然謝非其人，既而思節度君之語而悲其志，又自忝在外裔之，未不敢終辭．桉 公諱洪亮，本姓荀．避高麗顯宗諱，賜姓孫．貫一直縣．顯匡調朊 得大臣體，年六十五退，老于家．玄陵避紅寇于福州，公時年七十七．厖眉皓首迎于道．明年亂平，入覲于京．王嘉其忠，蓋親寫公眞，賜几杖．命公子得壽 得齡，護公歸曰，杖莫如子，君且杖而歸矣．善人國之杖，玄陵不自杖公而使公之子，杖歸．公耆造德，不克降于國家，公歸十六年，卒于辛禑五年已未，壽九十三．歷官遺蹟，沒于兵火，無以考其詳而國史，旣載其大者，又有賜杖詩若序，可以徵之矣．公在朝，以忠恂謇諤，負大名．及其位躋卿相，當昇平之時，無能言退者，而公知止，

遠引高蹈邱園. 及公歸而國家始多難. 李牧隱詩所謂, 公在朝廷淸,
公去聞兵腥者, 可見其知機之神也. 及玄陵避亂, 不敢以老而退, 致
匪躬之節. 李樵隱所謂, 歲寒羣木凋, 松栢尚持久. 主上喜其來, 等
視商山叟者, 亦可以想見其商致矣. 公二子俱大官, 二女之出爲裴栢
竹堂尚志, 金桑村自粹母. 俱有忠孝大節, 致命遂志, 至今爲人士之
矜式, 則又可見餘風之在後人矣. 公之後甚蕃, 凡貫于一直者, 皆祖
于公. 或微或徙, 居密陽者, 爲大族. 節度君亦其一也. 福之人士,
多外裔, 裴君, 栢竹之後. 光庭於栢桑二公, 俱爲外裔.

外裔孫 通仕郞 前惠陵奉事 平原 李光庭 記

정평공 유허비각 시십[217]
靖平公 遺墟碑閣 詩什

　　정평공 유허비와 비각 완공 고유를 드리고 봄 3월 정한 날에 한 지역의 선비들이 가지런히 이르러 바라보며 배례를 하니 매우 성대한 행사였다. 근체시 한 수를 짓고 모인 사람들이 함께 지어 올리니 큰 느낌이 있었다. 무진년(1748) 3월

靖平公遺墟碑, 及碑閣, 功告訖, 一方章甫, 以歲之春 暮月定日, 齊到, 用伸瞻拜之誠, 甚盛事也. 占得近禮一律, 拜呈會中僉座下, 以寓曠感之意. 戊辰 三月

권치(權緻)[218] 호(號) 토헌(土軒)

人代蒼茫幾歲年　공이 살았던 시대 아득한데 몇 년이 지났는가?

相公墟里感油然　상공의 유허지를 바라보니 저절로 감회가 일어나네.

詩餘几杖芬猶襲　궤장 시의 여운 향기가 오히려 남아있으니

德裕孫支慶自綿　덕이 넉넉함에 자손들 경사가 저절로 이어지네.

---

217) 시십(詩什): 시를 모은 것이라는 의미이다. 『시경』의 〈소아(小雅)〉와 〈대아(大雅)〉에 시 10편씩 분류하여 수록하고 〈십(什)〉이라고 하였다.

218) 권치(權緻, 1693~1766): 자는 맹견(孟堅), 호는 토헌(土軒), 본관은 안동이다. 문집이 있다.

126

可使勳名終永世 훈공의 명성 길이 세상에 전해지는데
胡爲籩豆闕崇賢 어찌 어진 이를 숭상하며 제향이 없는가.
今來敬拜遺碑下 오늘 유허지의 비석에 경배를 드리니
上有雲山翠接天 위에는 구름 낀 푸른 산이 하늘에 접해있네.

이산두(李山斗)219) 호 나졸재(懶拙齋)

恬退曾先致仕年 선생께서는 일찍이 벼슬에서 물러나셨는데
圖形賜杖豈徒然 영정과 지팡이 어찌 우연히 내렸으리오.
豐功大節當朝最 풍부한 공적과 큰 절개는 조정에서 최고였고
茂福洪休後代綿 큰 복과 큰 아름다움 후손들이 이어가네.
建廟薦籩嗟久闕 사당을 건립하여 제향을 드리지 못한 지 오래인데
竪碑光宅亦猶賢 비석을 세우니 집이 빛나고 현인을 숭배하네
應知華表千年鶴 응당 화려한 표석 천 년 학이 알고
笙韻時時降九天 생황 소리 때때로 하늘에서 내려오네.

이기삼(李起三) 호 백봉(栢峯)

尚記麗朝李葉年 고려 말을 생각해 보니
先生遺躅已茫然 선생의 남은 자취 아득하네.
豊勳久著昇平世 큰 공훈 치세에 오랫동안 나타나니
餘慶方看子姓綿 경사가 자손들에게 이어짐을 볼 수 있네.
縟禮胡爲防聖代 사당의 봉안220)이 어찌 좋은 시대에 막혔는가?
墟碑不足表尊賢 유허비에 존현을 다 나타내기 부족하네.

---

219) 『나졸재문집』 권1 시, 〈次孫靖平公 洪亮 遺墟碑韻〉에 수록되어 있다.
220) 욕례(縟禮): 사당에 봉안하는 것을 말함.

靑襟濟濟來瞻拜 유림들이 많이 이르러 바라보며 배례를 하니
只祝新章下九天 새로 건립한 비석 축하하니 하늘이 아래 있네.

이후정(李後靖)

往蹟蒼茫不記年 지난 행적이 아득하여 기억할 수 없는데
遺墟荒草久凄然 유허지 잡초 오래도록 처량했네.
兩朝勳業三重貴 두 조정에서 공훈 삼중대광221)이 고귀하니
一直風聲百世綿 일직의 명성 백 대를 이어가네.
賜杖異恩優大老 지팡이를 내린 특별한 은혜 원로를 대우하니
懸車高義邁時賢 고향으로 내려온222) 높은 뜻 현명하셨네.
畫閣豐碑旌舊里 화려한 비각과 비석 옛 마을에 우뚝하니
龍蛇輝暎夕陽天 빛나는 용두가 석양의 하늘에 비치네.

이상정(李象靖) 호 대산(大山)

園林勝賞幾經年 원림의 좋은 경치 몇 해나 지났는가?
往事如今已杳然 지난 일 지금 생각하니 아득하여라.
一直名聲坊里在 일직의 명성 마을에 남아 있고
三朝勳業畫圖綿 세 조정에 이룬 훈업 그림같이 전해지네.
螭龜特表高陽宅 비석 꾸며 양지바른 집터에 특별히 나타내니
車馬重嗟太傅賢 참석한 사람들이 태부의 현명함을 거듭 찬탄하네.
荒草井前銀杏樹 잡초 무성한 우물 앞의 은행나무가 있으니
月明疎影冷參天 차가운 하늘 달빛에 성긴 그림자 비치네.223)

---

221) 정평공이 삼중대광(三重大匡)의 품계(정1품)를 받은 것을 말함.
222) 현거(懸車): 관리가 고향으로 내려오는 것을 말함.

128

박원규(朴元規)

相公墟里幾經年 상공이 살던 마을 몇 년이 지났던가?
小閣新成倍愴然 작은 비각 건립되니 슬픈 마음 배로 나네.
勳重六朝思賜眷 여섯 조정의 훈신으로 하사하신 것을 생각하니
福傳千泒慶長綿 복주에 전한 천년 경하함이 이어지네.
虔祠縱闕幽光闡 사당은 세우지 못했으나 숨은 빛 드러나니
行路咸知某也賢 선생의 행로 현명함을 모두가 알았네.
曠載餘懷輪敬謁 오랜 세월 남은 회포 공경히 배알하며
只看南岳翠浮天 다만 남쪽 산의 푸름과 하늘을 바라보네.

이정섭(李廷爕)

相國乘箕幾百年 상국의 개경 벼슬살이 몇백 년이 되었는가?
至今徽躅尙依然 지금도 아름다운 유적 오히려 의연하네.
巍巍盛德人爭慕 높으신 성덕 사람들이 다투어 사모하니
濈濈遺孫慶益綿 화목한 후손 경사가 더욱 이어지네.
薦苾將期垂永世 제향을 기대하며 길이 세상에 드리워
豎碑何足表前賢 유허비를 세우나 어찌 전현을 다 나타낼 수 있
겠는가.
飛甍突兀巖之側 나르는 용마루같이 바위 곁에 우뚝 서 있으니
下壓晴川上揷天 아래로는 푸른 내를 누르고 위로 하늘 사이에
있네.

---

223) 『대산집』, 제2권 詩, 〈次題孫丞相 洪亮 遺墟碑)〉에 수록되어 있다.

이덕삼(李德三) 호 일암(一庵)

威容盛德已千年 위용과 성덕이 이미 천년인데

故里風烟尚愀然 옛 마을의 바람과 안개 속 오히려 근심스럽네.

桑海蹟泯餘璧拱 세상이 변해 유적이 없어지니 남은 것 보배처럼
　　　　　　　　받드네.

藍田氣潤蔭瓜綿 남전224)의 윤택한 기운 음직이 이어지네.

虔祠縱碑明時制 사당 건립 어려움 있어 좋은 시기 기약하고

墟石猶揚曠世賢 유허비의 건립 오히려 오랜 세월 현인을 선양하네.

強恨一疴違盛席 병으로 좋은 자리에 참석하지 못하니 한이 되어

佳期孤負艷陽天 혼자 저버릴까 따스한 봄날을 기약하네.

이종수(李宗洙) 호 후산(后山)

相國縣車未老年 상국께서 일찍 벼슬에서 물러나 돌아오니

幾先心事自超然 기미를 먼저 알고 마음은 초연했네.

洌泉濼帶千秋號 맑은 샘물이 띠처럼 흘러 천추에 칭송하니

芳澤流傳一水綿 향기로운 은택이 한 물결로 이어지네.

畏壘直要矜後輩 외루225)를 요구하니 후배들의 긍지이고

豊碑猶可識前賢 풍요로운 비석 오히려 전현을 알 수 있네.

儒林此日高山想 이날에 유림들이 고산226)을 상상하니

---

224) 남전생옥(藍田生玉): 남전에서 미옥(美玉)이 난다는 의미. 명문가에서 현명한
　　　자제(子弟)가 남을 칭찬하는 말.

225) 노자(老子)의 제자인 경상초(庚桑楚)가 들어가 산 곳이다. 이곳에 들어가 산
　　　지 3년 만에 풍년이 드니, 백성들이 경상초를 성인으로 여겨 제사하고자 하였
　　　다. 『莊子』〈庚桑楚〉후에 지방에서 그 지역 출신의 현인을 모시고 제향하
　　　는 사당을 가리키는 말로 쓰임.

半逐玄雲入洞天 반쯤은 검은 구름을 따라 동천227)으로 들어가네.

남성운(南聖雲) 호 안와(安窩)

相國騎箕問幾年 상국께서 귀향하신 지 몇 년이나 되었는가?
悠悠往事尚依然 아득히 지나간 일 오히려 의연하네.228)
遺芬舊日山川在 지난날 남기신 향기가 산천에 남아있고
晟烈前朝歲月綿 고려의 큰 공열 오랜 세월 이어졌네.
碑碣已成雖表德 비석이 이루어져 비록 덕을 나타내었으나
頻繁猶厥奈尊賢 아직 제향이 없으니 어진 분을 어떻게 존중할까?
千秋公議知難沒 오랫동안 공론이 성취되지 못해
崇奉他時必待天 제향은 다른 날 하늘 뜻을 기다려야 하리라.229)

권호(權灝)

始看碑字尚知年 비로소 비석을 보니 몇 년이 되었는지 알겠는데
相國風流此寂然 상국의 풍류가 이와 같이 적막했네.
勳業六朝稱籍籍 여섯 조정의 훈업 칭찬이 자자했고
名聲百代播綿綿 명성은 백 대를 계승할 만했네.
士多久仰由公議 선비들이 오랫동안 추앙했으나 공론이 없어

---

226) 고산경행(高山景行): 높은 산과 큰길이란 뜻으로 숭고한 덕행에 비유한다.
『시경』〈거할(車舝)〉의 "높은 산을 우러러보며 큰길을 간다." 라는 구절
에서 유래.
227) 선인(仙人)이 산다는 이상세계. 산이 둘러 있고 내가 흐르는 경치가 좋은 곳.
228) 의연(依然)하다는 말은 '눈에 선명히 보이는 것 같다' 는 말
229) 당시에 비석은 건립하였으나 사당은 조정의 허가를 받지 못해 건립하지 못하였
음.

國有新防未表賢 나라에 새로 막혀 어짊을 드러내지 못했네.

美事何論時早晩 아름다운 일 어찌 논의가 조만이 없으랴

文章顯晦亦關天 문장도 드러나고 숨겨짐 또한 하늘에 관계되네.

후손(後孫) 언탁(彦鐸)

吾祖遺墟五百年 나의 조상의 유허 500년인데

幸看碑閣此歸然 다행히 비각이 이와 같이 우뚝하네.

幾歎事業終湮沒 많은 탄식에도 사업이 끝내 숨겨졌는데

自喜勳名可永綿 훈명230)을 기뻐하며 이어지길 바랐네.

豈有殘孫揚感蹟 어찌 잔손231)이 유적을 드러낼 수 있으리오

莫非多士尚前賢 많은 선비들 전현을 승상하지 않음이 없네.

今來瞻拜螭頭下 지금 이수232)를 바라보며 배례를 하니

感舊猶思孝悌天 옛날을 느껴 오히려 효제를 생각하네.

이형징(李亨徵)

國之元老野高年 나라의 원로로 자연에서 늙었는데

乞退何時任浩然 물러날 시기를 호연히 하였네.233)

賜几遺詩光竹史 지팡이 내리고 시를 남겨 죽사234)에 빛을 내니

寫眞殊澤蔭瓜綿 진영을 그린 특별한 은택 음직으로 이어졌네.235)

---

230) 공훈으로 명성이 있는 분.

231) 후손이 미약함.

232) 비석의 위에 교룡을 장식한 부분.

233) 호연히 하였네: 미련을 갖지 않고 결단을 내리는 것. 돌아가고자 하는 뜻이 성한 것.

234) 죽사(竹史): 역사. 옛날에 역사를 대나무 죽간에 기록한 데서 유래.

薦籩大議拘時制 제향에 대한 대의가 당시 제도에 구애되어236)
竪石新儀爲表賢 비석을 건립하고 의식을 행하여 선현을 선양하였네.
是日靑襟咸敬謁 이날 유생들이 모두 경건히 배알하였고
潛光將啓覩靑天 잠광237)이 장차 열리니 푸른 하늘을 바라보네.

김비(金棐)

相國勳名動百年 상국의 훈명이 백 년을 진동했고
舊墟新閣石巍然 옛터에 새로운 비석과 비각이 높구나.
禋儀未擧誠非淺 제향을 거행하지 못한 것 정성이 적은데
邦戒當遵力豈綿 나라의 경계 따라야 하는데 힘이 어찌 이어질까.
賜杖殊恩徵誠烈 지팡이 내린 특별한 은혜 진실로 빛나는데
餞行佳什記羣賢 떠날 때 남긴 시는 뭇사람들의 기억이라.
顯情祇展碑前拜 따뜻한 정으로 유허비에 배례하니
靈雨霏霏降自天 신령한 비가 부슬부슬 하늘에서 내리네.

후손 진태(鎭泰) 호 행담(杏潭)

先祖遺墟問幾年 선조의 유허 물노니 몇 년이 지났는가?
餘風千古尙依然 여풍이 천고에 오히려 여전하네.
影幀已矣干戈失 영정을 이미 난리 중에 잃어버려
勳業惟於竹帛綿 훈업은 오직 죽백238)에 실려 있네.

---

235) 아들 득수와 득령이 음직으로 관직에 나아간 것을 말하는 것으로 보임.
236) 당시 서원에 대한 폐단으로 신설을 금지하였던 정책. 숙종·영조 때에도 이러한
　　정책이 있었음.
237) 지금까지 선양하지 못해 알려지지 않았던 것.
238) 죽백(竹帛): 역사책을 말함. 옛날에 역사를 죽간(竹簡)과 비단에 기록한 데서

賜杖賀詩皆國老 지팡이를 내릴 때 축시는 나라 원로들이 지은 것
竪碑公議又諸賢 비석은 제현의 공론으로 세운 것이네.
薦籩盛擧拘時制 사당의 성대한 거행은 나라의 제도에 막혀
誰把輿情達九天 누가 여정239)을 잡아 하늘에 이르겠는가.

남상천(南相天) 호 욕천(浴川)

豐功偉烈映當年 많은 공훈과 위대한 공렬 당년에 비췄고
況復先幾亦卓然 하물며 기미를 먼저 아신 것이 우뚝하셨네.
直以名村芬未歇 일직의 이름난 마을 향기가 다하지 않는데
蘋猶闕薦歲空綿 제사를 오히려 드리지 못하니 공허하네.
小溪活潑遺淸響 작은 계곡물이 활발하니 울림이 남아있고
大字標題識古賢 대자의 비석 글씨 옛 현인을 알겠네.
闡發幽光知有數 그윽한 빛이 드러나니 시운240)이 있음을 알 수
　　　　　　　있고
欲將私意待皇天 사사로운 뜻은241) 하늘을 기다려야 할 것이네.

남응두(南應斗)

麗季蒼茫不記年 고려 말이 아득하여 몇 해나 되었는지 기억할
　　　　　　　수 없고
短碑新屹倍悽然 작은 유허비 새로 우뚝 서니 슬픔이 배나 되네.

　　유래.
239) 뭇 사람의 마음, 민심.
240) 시운(時運): 원문의 수(數)는 이루어지는 때. 운기(運氣)를 말함.
241) 사사로운 뜻: 사당을 건립하여 제향을 드리는 것을 의미하는 것으로 보인다.

地名題壁仍從襲 지명이 측면 벽에 쓰였으니 곧 옛날을 따르고
世德傳家始識綿 대대로 덕을 집안에 전하니 비로소 계승됨을 알
　　　　　　겠네.
片石何能揚盛烈 한 조각의 비석이 어찌 성대한 공열을 빛내리오.
縟儀恨未尚前賢 사당에 봉안하여 전현을 승상하지 못한 것 한이
　　　　　　되네.
襟紳此日聊伸敬 이날 옷깃을 여민 선비들이 공경함을 펴니
好懿深誠自是天 좋고 아름다운 큰 정성 하늘로부터 받은 것이네.

이택수(李宅洙)

記取先生乞退年 선생께서 벼슬에서 물러난 것을 기억하니
行藏一世獨超然 행장이 당시에 유독 초연했네.
六朝勳業班僚最 여섯 조정의 훈업이 백관 중에 최고였고
百世遺香子姓綿 백세에 남긴 향기 자손들에게 이어지네.
畫閣徒能光舊里 그림 같은 비각 옛 마을에 빛이 나고
標題寧合尚前賢 표제가 어찌 전현을 승상하는데 합당하리오.
且憐寫照歸明廣 또 사랑스러운 진영을 그려 귀향길을 밝히시니
只恨當時掛梵天 다만 한이 되는 것은 당시에 절에 모셨던 것일
　　　　　　세.242)

---

242) 범천(梵天)은 절을 의미함. 절에 모셨다가 임진왜란 때 유실된 것을 말함.

권위(權緯)

直名吾縣幾經年 일찍이 우리의 현인데 얼마나 경과하였는가?
相國風猷正杳然 상국의 풍교와 덕화가 아득하네.
事業六朝忠炳炳 여섯 조정의 사업 충성이 빛나고 빛나니
雲仍千後慶綿綿 운잉[243]이 천년 후에도 경사가 이어지리.
勳名只許垂靑史 공훈이 있는 이름 청사[244]에 드리워지고
祠廟還嫌闕尙賢 사당이 건립되지 못해 현인을 숭상할 수 없네.
濟濟靑襟來拜地 많은 유생들이 와서 배례를 하니
蒼蒼喬木翳春天 푸르고 푸른 교목이 봄날에 햇빛을 가려주네.

김상하(金象河)

人去名存幾百年 사람은 가고 이름이 남은 수백 년
遺墟是日意悽然 이날 유허지에서 뜻이 처연하네.
已能勳業前朝大 훈업이 고려에서 위대하였고
宜使雲孫後代綿 마땅히 자손들이 뒷세대를 이어가네.
石面謹書黃絹字 비석의 면에 쓰인 글씨가 절묘한데[245]
士林爭拜相公賢 사림이 상공의 어짊에 다투어 절을 하네.
雲山依舊芬猶襲 구름 낀 산은 옛날과 같은데 향기가 나고
勝事春三月暮天 춘삼월 좋은 일이 저문 하늘에 있네.

---

243) 운잉(雲仍): 후손, 자손.
244) 청사(靑史): 역사, 역사서.
245) 황견(黃絹): 황견유부(黃絹幼婦)의 준말로, 절묘(絶妙)라는 두 글자의 은어
(隱語).

권명규(權命揆)

相國退休幾許年 상국께서 벼슬에서 물러난 것 몇 년이던가?
遺墟斜日感油然 유허지에 해가 기우니 느낌이 일어나네.
勳名策上恩榮重 훈명이 역사에 기록되니 은혜가 크고
几杖詩中福履綿 지팡이 내린 시 중에 복록이 이어지네.
薦豆闕儀歎後輩 제향을 올리지 못하니 후배들이 부족한데
竪碑鑴字識前賢 비석에 새긴 글자 전현을 알겠네.
欲知堅確難渝志 확실한 의미를 알고자 하나 뜻이 바뀌는 것은
                어렵고
看取螭頭半揷天 이수246)를 보니 반쯤은 하늘에 꽂혀있네.

이춘부(李春溥) 호 원호(遠湖)

南極星高杖子年 남극성247)이 높아 지팡이를 짚을 연세에
江山第宅憶茫然 강산과 집을 생각하니 아득하네.
烽臺蕨長衣冠秘 고사리 자란 봉화대에 의관을 갈무리하고
隴井苔深歲月綿 언덕의 깊은 샘 이끼가 끼어 세월이 흘렀네.
廟策不關閒退老 묘당의 일 관여하지 않으시고 한가히 물러난 어
                른으로
令朝爭似末朝賢 조정의 다툼은 있었으나 고려 말 어진이였네.
歸翁覷得幾先事 옹께서 기미를 보고 귀향을 하셨으니
一片銘留照洞天 비석의 명문에 머무니 동천에 빛이 비치네.

---

246) 이두(螭頭): 비석의 위를 장식한 것. 이수(螭首).
247) 남극성(南極星): 인간의 수명을 관장하는 별.

이춘원(李春元)

公議虔祠已有年　공의로 경건히 사당을 건립한 지 이미 한 해
每經墟里感油然　매양 유허마을을 지나면 느낌이 일어나네.
精靈不泯山川在　정령[248]은 없어지지 않고 산천에 계시니
忠節長留日月綿　충절이 머문 곳 오랫동안 계승되네.
豈是鐫珉能記德　어찌 이 유허비에 많은 덕을 기록할까?
秪拘明制愧尊賢　다만 나라 제도에 구애되어 존현을 모시지 못하
　　　　　　　　네.[249]
莫言萬事消磨盡　만사가 세월이 지나면 사라진다고 말하지 말라
畫閣增光暎洞天　그림 같은 비각 동천에서 더욱 빛나네.

이춘백(李春恒) 호 설학(雪壑)

輦路江楓野草年　연로에 강가에는 단풍과 풀이 우거지고
雲林素髮鶴仙然　구름 낀 숲에는 흰 학발의 신선이 있는 듯하네.
寫眞宸筆丹靑炳　영정을 모신 집의 현판과 단청이 빛나고
賀杖瓊篇竹帛綿　지팡이 내린 축하시가 죽백[250]에 실려 있네.
故國風烟喬木老　고려의 풍연 속에 교목이 오래되었고
永嘉山水相公賢　영가의 풍광 속에 상공께서 뛰어났네.
臨河往事憑無地　임하의 지난 일 의지할 곳이 없고
大字豊碑亦有天　대자의 유허비 또한 하늘 높이 있네.

---

248) 정령(精靈): 혼백, 영혼.
249) 이 구절은 나라의 금령으로 서원에 봉안하여 제향을 드리지 못하는 것을 말함.
　　　당시 서원의 남발로 폐단이 일어나자 나라에서 서원 증설을 금지한 적이 있음.
250) 죽백(竹帛): 역사책.

138

남응태(南應台)

相國徽蹟已千年　상국의 아름다운 유적 이미 천 년

喬木遺墟倍悵然　교목이 유허지에 있으니 슬픔이 배로 일어나네.

功大前朝忠炳炳　고려 조정 큰 업적 충의가 빛나고

業垂來裔慶綿綿　공적을 후대에 드리운 경사가 이어지네.

石碑今日惟銘德　오늘 비석에 덕을 새기니

籩豆幾時得尚賢　어느 때 제향을 드리며 현인을 숭상할까?

濟濟青襟瞻拜地　많은 선비들이 바라보며 절하는 곳에

遲遲春日到中天　봄날의 하늘에 태양이 중천에 떠 있네.

김택하(金宅河)

蒼茫人世幾多年　아득한 푸른 하늘 세월이 얼마나 지났는가?

遺跡今來尚宛然　오늘 오니 유적이 더욱 완연하네.

縣以直名光里巷　일직현의 빛나는 마을의 거리

德因碑古澤連綿　덕이 비석으로 인하여 더욱 빛나네.

經綸邦國六朝老　나라의 여섯 조정을 경영한 원로로

矜式儒林百代賢　유림에게 긍지를 준 백 대의 현인이네.

濟濟青襟兼遠近　많은 선비들이 원근에서 모이니

一堂佳會屬春天　일당의 아름다운 모임 봄날에 행해지네.

김양하(金養河)

蒼茫喬木閱千年　아득한 세월 교목이 천년을 지나니

立馬春風感自然　봄바람에 말을 타니 자연스레 느낌이 일어나네.

錢氏古墳今不廢　전씨의 옛 무덤251) 지금도 여전하니

王家餘福尚看綿　왕가의 남은 복을 여전히 볼 수 있네.
優思杖几酬元老　지팡이 내린 것을 생각하며 원로들과 수작252) 하니
盛蹟雲根表大賢　성대한 유적이 높은 산처럼253) 대현을 나타내네.
景仰遺芬瞻拜地　남긴 향기를 우러러보며 절을 하는 곳에
溪山生色夕陽天　계곡과 산 더욱 생기가 나고 석양이 기우네.

남명택(南命宅) 호 졸와(拙窩)

滄桑人事近千年　사람 사는 세월 바뀌어 천여 년이 되어
春日遺墟感自然　봄날에 유허지에 이르니 자연히 느낌이 있네.
斷斷六朝忠烈炳　부지런히 종사한 여섯 조정 충열이 빛나고
承承百代本支綿　백 대를 지나 본손과 지손이 이어지네.
微誠只擬營祠廟　성의가 적어 사묘를 건립하지 못해
片石那能表大賢　유허비로 어찌 대현을 기릴 수 있나.
景仰高山瞻拜地　높은 덕을 추앙하며 절 하는 곳에
森森喬木倚春天　빽빽한 교목 봄날에 의지하네.

---

251) 전씨의 분묘: 오(吳)나라 월왕(越王) 전숙(錢俶)이 송 태조에게 나라를 바쳤는
　　데, 후대에 와서 전씨 조상의 분묘가 황폐한 것을 조정에서 사람을 시켜 수리하
　　고 수호하였다.
252) 수작(酬酌): 술잔을 주고받음.
253) 운근(雲根): 구름이 생기는 근원. 구름은 산에서 생기므로 산의 높은 곳을 말함.

뒤에 지은 차운(追次)[254]

류풍(柳灃)

人是高麗五百年 고려 분인데 오백 년이 지나

石留偉蹟立嵬然 유허비의 위대한 업적 높이 서 있네.

水流故國應桑海 옛 나라 고려의 세월 물처럼 흘러

秋滿茫墟但木綿 늦가을 아득한 유허지 다만 교목이 남아있네.

過客欲尋喬木影 지나는 객이 유허지를 찾으니

居民猶說相公賢 거주하고 있는 사람 상공의 어짊을 이야기하네.

丹靑小閣非祠廟 단청한 작은 비각 사묘[255]는 아니고

只控分明勝國天 다만 고유를 하니 분명히 승국[256]의 하늘이네.

이식춘(李植春)

岳降星騎幾百年 산악에 사신[257]이 오간 지 몇백 년이 되었는가?

遺墟老樹風凄然 유허지의 오래된 나무 바람 소리에 슬슬하네.

今人爲設新碑閣 오늘 사람들이 새로 비각을 설치하니

---

254) 유허비 제막 때 지은 것이 아니고, 그 이후에 지은 시.

255) 사묘(祠廟): 사당.

256) 승국(勝國): 조선에 망한 나라. 즉 고려를 말함.

257) 성기(星騎): 왕의 사신, 정평공의 유허지에 왕명을 전달한 사신을 말함.

往蹟誰云已緲綿 행적을 누가 말하랴 이미 아득한 세월이네.
朱栱浮雲衛大字 붉은 두공258)에 뜬 구름 큰 글자가 에워싸고
碧簷寒月象前賢 푸른 처마에 찬 달빛 현인을 상징하네.
溪山自此生顔色 계곡과 산이 이로부터 모습이 달라지고
顯晦由來係彼天 나타나고 숨겨짐이 저 하늘에 달려 있네.

이명구(李命耉) 호 판포(板浦)

公際麗朝運訖年 공이 사셨던 시기 고려조의 운이 다할 때이니
遺墟物色久凄然 유허지의 물색이 오래도록 처량했네.
留候晚節喬松願 상공께서 머무셨던 곳 가을날 교송259)의 소원
太傅賢名宇宙綿 태부의 어진 명성 우주에 이어졌네.
三尺龜頭待今日 3척의 귀부260)가 오늘을 기다렸고
千秋鴻績記前賢 천추의 훌륭한 업적 전현을 기록하네.
海村信筆堪徵後 해촌의 신필261)이 증거한 후에
曠世相逢亦是天 오랜 세월 또한 이곳에 서로 만나네.262)

이광정(李光靖) 호 소산(小山)

身佩安危定幾年 나라의 안위를 한 몸에 진지 몇 해가 되었는가?
祇今喬木尚依然 다만 교목만이 오히려 의연하네.

---

258) 지붕을 바치고 있는 기둥.
259) 교송(喬松): 큰 소나무.
260) 비석을 말함.
261) 해촌신필(海村信筆): 곡강(흥해) 배행검이 지은 유사를 말함. 곡강(흥해)이 바
   닷가이므로 해촌이라고 한 것으로 여겨짐.
262) 이곳에 유허비를 세우게 된 것을 말함.

繁華一夕水流遠　번화한 저녁 물은 멀리 흐르고
德業千秋人語綿　천년의 덕업을 사람들이 말하네.
直道六朝猶惠介　여섯 조정의 직언 오히려 유하혜263)에 가깝고
淸風千古繼疏賢　천고의 청풍 이소264)의 현명함을 이었네.
九原莫副蒼生望　구원은 뭇 생명의 소원에 부응하지 않으니
螭首婆娑近午天　이수가 세워지니 한낮에 가깝네.

김광헌(金光憲) 호 니파(尼坡)

桑海茫茫五百年　세상이 바뀌어 아득하고 아득한 오백 년
荒臺廢井尚依然　집과 우물은 황폐해졌는데 옛 모습은 그대로네.
居人只說前朝貴　사람은 다만 고려의 현인이라고 말하는데
片石能言相國賢　비석에 능히 상국의 어짊을 말할 수 있으랴.
天地至今名一直　세상에서 지금의 이름도 일직이니
山河曠世感纏綿　오랜 세월의 산하 느낌이 교차하네.
一斛寒潦行將酹　찬 샘에서 물 한 잔으로 뇌주265)를 부으니
碧草黃鸝日暮天　푸른 풀에 꾀꼬리가 지저귀고 해가 저무네.

후손(後孫) 석린(錫麟)

寥落荒墟不記年　황폐한 유허지 얼마나 지났는지 기억할 수 없고
寒泉老樹起悽然　찬 샘과 오래된 나무만 쓸쓸하게 서 있네.
三朝事業滄桑白　세 조정에서 행한 사업 세상은 변했으나

---

263) 유하혜(柳下惠): 노나라의 현인. 맹자는 유하혜를 화(和)의 성인이라고 하였음.
264) 이소(二疏): 소광(疏廣)과 소수(疏受).
265) 뇌주(酹酒): 제사를 지낼 때 강신(降神)을 하기 위해 땅에 붓는 술.

九袠恩榮竹帛綿 90년의 은혜와 영광 역사책에 실려 있네.
湮沒幾爲玄冑恨 먼 후손으로 행적이 없어질까 한이 되었는데
闡揚多賴士林賢 천양을 하는데 사림들의 힘입음이 크네.
今來無處尋幽宅 지금에 와서 유택을 찾을 수 없어
却憶精靈在彼天 도리어 정령266)을 생각하며 저 하늘을 바라보네.

권심규(權心揆)

聽說玄陵駐蹕年 현릉께서 머무신 것을 들었는데
秪今回首已茫然 지금 돌아보니 이미 아득하구나.
聲猷肯逐繁華散 말과 계책을 즐거이 쫓으니 번화한데
文憲猶徵世代綿 문헌을 징험하니 대대로 계승되네.
不有新甍粧短碣 새로운 비각이 아니어도 비석을 장식하니
何言後輩尚前賢 후배들에게 전현을 어떻게 말을 할까?
千秋不死烏山老 천추에 죽지 않은 오산의 노인이니
惠好公靈想在天 아름다운 공을 상상하며 하늘을 바라보네.

권두규(權斗揆)

相國風猷季葉年 상국의 좋은 계책 고려의 말엽이고
臨溪畫閣表巍然 계곡에 임해 있는 화각 높이 솟아 있네.
坊垂一直碑乎口 일직의 마을 입구에 비석을 세우니
冑永千秋瓞以綿 길이 자손이 번성하고 이어지길 바라네.267)

---

266) 정령(精靈): 혼령, 혼백.
267) 질(瓞): 면면과질(綿綿瓜瓞)의 준말로, 오이 덩굴이 끝없이 뻗어나가 주렁주렁
　　열리는 것처럼 자손이 번창하는 것을 뜻한다. 《詩經 大雅 綿》

不有當時勇退義 당시에 용퇴한 뜻에 두지 않았다면
誰稱前代哲明賢 누가 전대의 명철한 현인이라 칭할 수 있었으리요.
休憂剝落與敲勵 비석이 떨어지거나 깨어지는 것 염려하지 말고
更報揄揚不在天 다시 알리고 기리는 것 하늘에 달려 있지 않네.

이완(李垸) 호 간암(艮岩)

東門祖道昔何年 동문으로 조도길 떠난 지 어느 때인가.
野服風流已渺然 야복의 풍류가 이미 아득하네.
遺韻山花鳥和語 산에는 꽃 피고 새들이 노래하니 운치가 있고
芳名春雨草芊綿 아름다운 이름 봄비에 풀이 무성하네.
荒原石負千秋影 거친 대지 위에 비석을 세우니 천추에 빛나고
虛巷人傳百代賢 빈 거리에 사람들이 백 대를 전하리라.
可愛一株銀杏樹 은행나무 한 그루가 사랑스러운데
尙含元氣半參天 오히려 하늘에는 원기를 머금고 있네.

이춘민(李春敏)

蒼茫麗代閱幾年 아득한 고려 시대 몇 년이나 지났는가?
往事如今雲水然 지난 일이 오늘과 같이 자연은 그대로이네.
井帶相公疎杏古 상공집의 우물과 은행나무 멀지 않고
坊垂一直小溪綿 마을은 일직이니 작은 계곡이 있네.
煌煌几杖恭王寵 빛나는 지팡이 공민왕의 은총이요
穆穆詩歌牧老賢 아름다운 시가 목은268)의 어짊이여.

---

268) 목은(牧隱) 이색(李穡)의 시(詩)가 백미이므로 이렇게 칭한 것으로 보임.

畏壘尙稽俎豆享 외루에서 제향을 드릴 것을 생각하니
荒碑寂寞夕陽天 대지의 유허비 적막한데 석양이 기우네.

김광계(金光啓)

寂寞遺墟問幾年 적막한 유허지 몇 년이나 되었는지 물어보니
豊碑谷口尙依然 비석을 세운 계곡 입구가 의연하구나.
臺荒晩月來孤影 황대에 늦게 뜬 달그림자 외롭고
雲自松嶺故似綿 구름이 솔 언덕으로부터 불어오네.
萬古江山留舊迹 만고의 강산에 옛날의 유적이 남아 있으니
百年天地起前賢 세상에 백 년을 살았던 전현이 일어나네.
乃知公議終難泯 공의를 끝내 없애기 어려움을 알겠으니
鼎革崇祠煥後天 나르는 듯 높은 사당 후천에 빛나리라.269)

이춘홍(李春泓)

古墟春草幾年年 옛터에 봄풀 우거진 지 몇 해이던가?
相國遺碑此儼然 상국의 유허비가 이곳에 세워졌네.
名動一時喬嶽重 한때 명성 높은 산악처럼 귀중하고
澤流千載碧溪綿 은택이 천년을 흘러 푸른 계곡에 이어지네.
虛郊起感停騷客 빈 들에 세우니 시인의 감회가 머물고
曠世齎咨式後賢 좋은 시대 감탄하며 후현이 공경하네.
最是百年難掩議 최고의 백년 인생 숨겨지기 어려우니
何殊今古秉彝天 어찌 고금의 사람들 본성이 다르랴.

---

269) 지금은 비석을 세우지만 훗날에 사당을 지어 제향을 드리게 될 것이라는 의미.

146

김굉(金굉) 호 귀와(龜窩)

草綠前郊年又年　앞들의 풀은 해마다 푸른데

劫灰消息問茫然　없어진 소식은 아득해서 물을 길이 없네.

行尋小閣依喬木　걸어서 소각을 찾으니 교목에 의지하고

想像林廬臥退賢　숲속의 집에 누워 벼슬에서 물러난 현인을 상상
　　　　　　　　하네.

片石苔侵青上篆　비석엔 이끼가 있고 그 위 전자가 새겨있고

一邱雲護白堆綿　언덕에는 구름이 호위하고 흰 언덕이 이어져
　　　　　　　　있네.

金章玉帶渾前影　금장과 옥대270) 앞에 그림자가 드리워져 있고

秪有坊名閱後天　다만 마을의 이름에서 후천을 기다려 보세.

이술정(李述靖) 호 양곡(暘谷)

邱原退老憶當年　노년에 물러나 고향으로 돌아오니

忠節廉風尚灑然　충절과 청렴한 기풍 오히려 깨끗하네.

鳩杖百齡溪鳥哢　근 백세에 지팡이 짚으니 계곡에는 새들이 지저
　　　　　　　　귀고

菟裘何處柳花綿　물러난 곳271)이 어디인가 버들과 꽃이 피어있네.

山林宰相會推重　산림의 재상 모두 모여 높이 받드니

宇宙風聲孰繼賢　세상에 어진 풍성을 누가 계승할까?

---

270) 비석의 좌대와 이수를 말한 것으로 보임.

271) 토구(菟裘): 늙어서 은퇴하여 고향에 돌아가고 싶은 소망. 춘추 시대 노(魯)나
　　라 은공(隱公)이 환공(桓公)에게 자리를 물려주고서 도구 땅으로 돌아가 살고
　　싶다고 말한 고사에서 유래한 것이다. 《春秋左氏傳 隱公 11年》

一片苔碑惟恐語 이끼 낀 비석이 오직 말을 할까 두렵고
落成歌轉夕陽天 낙성의 노래를 하니 석양에 해지네.

남용섭(南龍燮) 호 송음(松陰)

芳躅寥寥莫記年 향기로운 발자취 쓸쓸하여 기억할 수 없었는데
故閭新堤石巋然 옛 고을 새로운 제방 비석이 우뚝하네.
坊名一直遺風厚 마을의 이름이 일직이니 유풍이 두텁고
井渫某宰舊絞綿 재상의 우물에 물이 흐르고 옛 두레박 끈 이어
　　　　　　　　져 있네.
喬木當時尊達老 교목이 당시에 높고 삼달덕[272]이었는데
冥鴻季葉退閒賢 고려의 말엽에 물러나 한가히 지내셨네.
箕空十載麗桃歇 공이 타계한 10여 년에 고려조가 망하니
誰識公心降自天 누가 하늘에서 탄식한 공의 심정을 알리오.

권양(權襄)

憶昔松京衰季年 옛 송경의 쇠퇴한 말년을 생각하니
相公遺蹟自超然 상공의 유적은 초월하여 드러났네.
三朝耆德高碑立 세 조정의 덕망 있는 원로 비석이 우뚝하고
一直坊名永世綿 마을의 이름 일직이니 길이 세상에 전해지네.
殊遇當時君畵影 당시 특별한 대우 임금께서 초상화를 그리시니
餘芬今日士尊賢 남은 향기 오늘날 선비들이 어지심을 받드네.
故墟雲物多興感 옛터의 구름과 물건이 많은 감흥을 일으키니

---

272) 삼달덕(三達德): 관직[爵], 나이[齒], 덕(德)을 말함.

喬木蕭疎月滿天 교목은 쓸쓸한데 하늘에는 보름달이 비치네.

이종상(李宗相)

遺墟碑立亦幾年 유허에 비석이 우뚝한데 또한 세월이 얼마인가
竹馬騎來記惜然 대나무는 말을 타고 오간 것을 기억하는지.
六十流光猶曠絕 60년 끼친 빛이 오히려 끊어졌는데
半千前事久連綿 500년 전의 일을 다시 이어가네.
封塋美蕨談村老 무덤의 고사리 촌노들이 미담을 하고273)
几杖佳詩詠國賢 지팡이 내릴 때 지은 아름다운 시 재상들이 읊었네.
一直洞名眞可襯 일직의 동네 이름이 진실로 어두우니274)
陀陽宣額願呌天 원컨대 타양의 편액을 하늘에 부르짖어 보네.

남인섭(南麟燮)

影事前朝五百年 진영을 그린 것은 고려 500년의 일
遺墟獨立意怊然 유허지에 홀로 서 있으니 뜻이 슬프네.
扶傾碩德青山重 큰 덕으로 사직을 부지하니 청산도 무겁게 여겼고
知止高標黃島綿 인품은 높고 그칠 줄 아니 황도가 이어지네.
南國卽今鄉祭社 남국 즉 고향의 사(社)에서 제사하고
東門當日路歡賢 동문에서 내려오던 날275) 현인을 환영하였네.

---

273) 고사리 꺾어 먹은 백이(伯夷)·숙제(叔齊)와 같이 청렴한 것을 말함.
274) 이 말은 서원으로 승격하지 못한 것을 안타까워 한 말임.
275) 조정에서 고향으로 돌아오던 때를 나타낸 말.

應知疎杏三更月 응당히 은행나무 삼경의 달이 비치니

笙鶴時時降九天 생황 소리에 학이 때때로 하늘에서 내려오네.

이운(李壄)

麗代蒼茫問幾年 고려조가 아득하여 몇 년인지 물어보니

螭文一片尙依然 이수의 새긴 글 오히려 분명하네.

舊朝勳業王槐老 옛 왕조에 공훈을 세운 대신으로

淸世雲仍周庶綿 좋은 세상 자손들이 번성하고 이어지네.

虛巷千秋民慕德 천추의 빈 거리 사람들이 덕을 사모하고

畵楹一洞士崇賢 그림 같은 기둥 지역의 선비들이 현인을 숭상하네.

蒼蒹白露把遺馥 푸른 갈대와 흰 이슬에 남은 향기가 맺혀 있고

雲水精神見後天 도학자의 선비정신 후천을 볼 수 있네.

이지강(李之綱)

賜杖寵還閱幾年 지팡이를 하사받고 돌아온 지 몇 해가 되었는가?

荒墟疎杏尙悽然 황폐한 유허지 은행나무가 처량하네.

三重勳業六朝老 삼중대광의 훈업 여섯 조정의 대신

一直坊名萬世綿 일직의 동네 이름 만세에 이어지네.

西蜀誰思漢相烈 서촉에 누가 제갈량을 생각하고276)

北鄕特表鄭公賢 북향에 특별히 정공의 어짊277)을 나타내었네.

---

276) 유비(劉備)가 제갈공명(제갈량)을 얻어서 서촉(西蜀) 성도에 도읍을 정하고 제위(帝位)에 오른 것을 말함. 《三國志, 卷35 蜀書 諸葛亮傳》

277) 후한(後漢)의 경학가(經學家)인 정현(鄭玄)이 가향(家鄕)인 북해(北海) 고밀

高山麗水至今在　높은 산 맑은 물 지금에 이르니
箕騎也應降洞天　상국의 귀향에 응당히 동천에 내리네.

이동현(李東顯)

記昔先生賜杖年　옛날 선생께 지팡이 내린 것을 기억하며
牧爺歌詠尙依然　목은[278]이 읊은 시에 오히려 분명하네.
人稱一直坊名好　사람들이 일직 고을 좋은 이름을 칭하니
澤厚千秋厥籙綿　천추에 두터운 은택 끝없이 이어지네.
幼婦銘傳旋古躅　어린이와 부인들도 옛 발자취를 전하니
儒林尸祝報前賢　유림이 제향을 드려 전현에게 보답하세.
從今晩學祇參廟　지금부터 만학하여 사당에 참여하니
如見精靈陟降天　정령께서 척강[279]하심이 보이는 것 같네.

이만영(李邁榮)

相國名勳勝國年　상국의 훈명이 고려 때이니
遺墟留有月蒼然　유허에 달이 떠 있으니 어득하구나.
螭龜已表三朝德　비석으로 이미 삼조의 덕을 나타내었으니
牲牢追崇百世綿　제향을 올리며 백세토록 추승하세.
嶠嶺幸玆今尙禮　교남에서 다행히 이제 예를 숭상하니
永嘉元是古多賢　영가에 원래 예부터 현사가 많다네.

현(高密縣)으로 돌아오자, 북해상(北海相)인 공융(孔融)이 그를 존경한 나머지 고밀현에 명령하여 특별히 '정공향(鄭公鄕)'을 설치하도록 하였다. 《後漢書 鄭玄列傳》
278) 목은(牧隱) 이색(李穡)을 말함.
279) 정령께서 신위에 오르내리는 듯한 것을 말함.

裸將圭瓚參丁獻 홀기로 제사드리고 술잔을 올리며
祗拜祠前趁曉天 공경히 사당에 절하니 새벽이 되었네.

정평공 손선생 실적 후지[280]
靖平公 孫先生實蹟 後識

이 책은 정평공 손선생의 실적을 수록한 한 권의 책자입니다. 후산선생(后山先生) 이공(李公)이 수집하여 편집한 것으로 대산(大山) 이선생이 유사의 서문을 쓰신 것입니다. 대개 주부자(朱夫子)께서 상서(尙書)에 정자를 지으니 곧 유공(劉公) 응지(凝之)의 유허지(遺墟址)였는데, 사실을 기록하고 천양한 바의 뜻과 같으니, 또한 위대하지 않습니까?

정평공께서는 승국(勝國)[281], 즉 고려 시대 분입니다. 지금으로부터 500여 년이 되었는데 세상이 여러 번 바뀌어 당시의 문헌이 아득히 기송(杞宋)의 증거 없음과 같아졌습니다. 선생의 외후손 곡강(曲江) 배공(裴公)이 지난 행적을 고찰하고 수집하여 유사를 만드니 선생의 생졸 등이 대략 갖추어지게 되었으니 어찌 다행이 아니겠습니까?

이미 또 후산옹(后山翁)이 널리 사승(史乘)을 수집하고 제가(諸

---

280) 후지는 오늘날의 후기와 같다. 대체로 책을 편찬 · 발행하게 된 과정과 경위 등을 기록한다.

281) 공자가 "하(夏)나라의 예를 내가 말할 수 있으나 기(杞)에서 증거가 부족하였고, 은(殷)나라의 예를 내가 말할 수 있으나 송(宋)의 증거가 부족하였다. 문헌이 충분하다면 내가 증거를 댈 수 있다." 라고 하였다. 그래서 문헌이 부족한 것을 기송(杞宋)으로 표현하고 있다. 《논어, 권3 팔일》

家)의 저술을 두루 찾았는데, 현릉(玄陵)이 일직(一直)이라는 두 글자의 포장(褒章)으로부터 지팡이와 진영을 내려 줄 때 제현이 서술한 것에 이르기까지의 기록을 다 갖추어 전해주었으니, 진실로 한 지역 선배들의 숭상하고 사모하는 독실함과 부지런한 뜻이 어찌 능히 이와 같겠습니까? 다만 뒤에 유허비의 유적과 서원으로 승격될 때의 문헌이 갖추어지지 못한 것이 있었습니다.

그러므로 본면(本面)의 선비들이 다시 정돈을 하고 정리해서 차례로 첨부하여 오래도록 전할 계획으로 발행을 하게 되었습니다. 경비를 부담한 사람은 본손 용헌(瑢憲)이다. 내가 또한 본현(本縣)에 거주하고 있어 이 일에 대해 들었고 또 엎드려 보니 니파(尼坡)와 귀와(龜窩) 두 선조의 시가 편중에 있으므로 이 일에 더욱 애정이 있었다. 그래서 대략 이와 같이 기록하여 책 끝에 붙인다.

문소후인(聞韶後人) 김도화(金道和)282) 기록함.

---

282) 김도화(1825~1912): 자는 달민(達民), 호는 척암(拓庵), 본관은 의성이다. 문집이 있다.

靖平公 孫先生實蹟 後識

右, 靖平孫先生實蹟一冊. 卽我后山先生李公, 蒐輯成篇而大山李先
生, 實序之. 盖朱夫子, 所以作亭於尚書, 卽劉公凝之之遺墟, 而記
事闡述之意也. 不亦偉哉. 於平靖平先生勝國人也. 今距五百有餘歲,
而天地改闢, 滄桑屢翻, 當日文獻, 漠焉杞宋之無徵, 而先生之外
裔, 曲江裴公, 攷据往蹟, 撰成遺事, 略以備先生之始卒, 何其幸也.
旣又后山翁, 博采史乘, 遍搜諸家, 自 玄陵, 一直二字之褒, 至錫
杖摹眞之諸賢叙述, 莫不備錄, 以貽無窮, 苟非一番, 先輩尚慕之
篤, 用意之勤, 安能如是哉. 但後來遺墟立碑之蹟, 院社腏享之文,
有未及焉者. 故兹與本面章甫, 更加整頓, 次第編附, 以爲壽傳之
計, 而竭力鋟梓, 不辭經費者, 本孫瑢憲也. 不佞亦居在本縣, 與聞
其事, 且伏見尼坡龜窩兩祖, 詩什載在篇中, 尤不能無情, 於是役
也. 遂略識如此, 附之下方.

聞韶後人 金道和 識

정평공 유적후 발

靖平公 遺蹟後 跋

 아! 우리 선조 정평공(靖平公)께서 고려조에 다섯 조정에서 충성을 다해 보필[輔理]하시고 삼중대광에 오르고 직성군(直城君)에 봉해졌습니다.

 지팡이와 영정을 내려주시고 나라의 안위가 공의 진퇴와 관련이 있었으니 『고려사』와 읍지 및 제현의 기록 중에 간략하게 실려 있었습니다. 시대가 변하고 자손들이 흩어져 삶에 집안에 소장된 문헌을 다 잃어버려 많은 공로와 위대한 덕을 자세히 알 수 없으니 어찌 한이 되지 않으리오.

 어찌 다행히 떳떳한 의논이 없어지지 않아, 공께서 타계하신 지 300여 년 뒤에 복주(福州)의 사람이 오히려 경모(景慕)하여 시를 읊고, 비석을 세워 유허지를 나타내고, 제향을 드린 지가 또한 수백 년이 되었습니다. 내가 선조의 일로 여러 번 화산(花山)283) 송동(松洞)의 옛터를 방문하였는데 우물과 은행나무는 거칠었고, 사당의 터에는 잡초가 무성하여, 아픈 마음에 방황을 하니 상재(桑梓)284)의 느낌을 금할 수 없었습니다.

---

283) 안동의 별칭.
284) 고향을 말함. 여기서는 선대의 고향.

156

금년 봄에 일직(一直)에 가서, 이기락(李基洛) 씨의 집에서 유적을 얻었는데 곡강 배공(曲江 裴公)이 저술한 것과 하장시(賀杖詩)와 명(銘), 진권서(眞卷序), 국사(國史), 주읍지[州誌], 내외후손 세계도(世系圖)입니다. 세계도는 후산(后山) 이선생(李先生)이 편집한 것인데, 합하니 1책이 되었습니다. 책 이름을 《정평공 유사(靖平公遺事)》라고 하고 대산(大山) 이선생(李先生)에게 서문을 받았습니다. 또 비각 건립 때 지은 시 한 권을 얻었는데 또한 한때의 명현석유(名賢碩儒)가 읊고 찬미한 것이었습니다. 봉안문, 상향축문, 그리고 서원으로 승격될 때의 글을 명가의 문집 중에서 찾아내었습니다. 등사(謄寫)하여 상하편으로 만들었습니다.

아! 대대로 계승됨이 이와 같고 복주의 사군자(士君子)들이 오래되어도 잊지 않고, 이 유집(遺輯)을 소장하고 있었으니 완염(琬琰)285)과 같을 뿐만이 아니라, 또한 유허지의 서원에서 강회의 장소로 운영을 하고 있으니, 우리 선조의 적덕이 사람들에게 감동시킴이 깊은 것을 여기에서 볼 수 있었습니다. 장차 출판을 하여 오래 전하려고 하였으나 여러 선배들에게 미치지 못하였습니다.286) 오히려 일만 중에 하나라도 덕(德)이 도를 보호하기를 말할 따름입니다.

후손(後孫) 양대(亮大)287) 공경히 발문을 쓰다.

---

285) 아름다운 옥의 이름.
286) 이 말은 발행하지 못하였다는 의미이다.
287) 은행나무씨 주석 참조.

靖平公 遺蹟後 跋

於乎. 吾先祖靖平公, 當勝國之世, 歷事五朝, 盡忠輔理 躋三重 封
直城 賚几杖賜 寫眞, 而國之安危, 係公進退者, 略載於麗史, 州
誌, 及諸賢錄中, 世代旣革, 子孫散居, 而家藏文獻, 盡佚於鬱, 攸
豐功偉德, 無由以得其詳焉, 曷勝恨哉. 何幸秉彝之論, 不泯, 公沒
三百餘年之後, 福州士林, 尙景慕而詠歎之, 竪石而表壚, 畏壘而薦
享, 又數百年所矣. 余以先事, 累到花山, 訪松洞舊址, 井杏疎冷,
祠址荒蕪, 彷徨怵惕, 尤不禁桑梓之感. 今年春, 往一直, 求得遺蹟
於李基洛氏家, 曲江裵公所著, 及賀杖詩銘, 眞卷序, 國史, 州誌,
內外裔世系圖, 則后山李先生所輯, 而幷爲一冊, 書之曰 靖平公遺
事. 大山李先生序之, 又得碑閣詩什一篇, 亦皆一時名賢碩儒, 頌歌
而贊述者也. 奉安, 常享文, 及陞院時文字, 搜出於各家文集中, 謄
寫上下編. 於乎, 世之相後如此, 而福之士君子, 愈久而不忘, 藏此
遺輯, 不啻若琬琰, 又營一架於院壚爲講會之所吾, 先祖積德八人之
淡如是矣. 將謀鋟梓而壽傳, 以不及諸先輩, 尙德衛賢之萬云爾.

後孫 亮大敬 跋

또又

선조 정평공께서 여섯 조정에서 종사하시며 충성스럽고 바르며 태만하지 않으셨습니다. 관직은 삼사(三司)에 이르고 청렴하고 바르며 법도에 맞게 간언을 하였습니다. 급기야 치사(致仕)를 하고 고향으로 돌아오셨습니다. 임금께서 지팡이를 하사하시고 예로서 대우하셨습니다. 손수 진영을 그려 주시니 총애함이 특별하셨습니다.

당시 명공거경(名公鉅卿)이 모두 시를 읊고 서문으로써 축하를 하였습니다. 지금 그 시를 완미하면 그 말에서 더욱 큰 공로와 위대한 공훈을 볼 수 있고 후세에 전할 만한 것이 많음을 알 수 있습니다.

다만 병화가 여러 번 지나가서 문헌이 없어졌는데, 다행히 후산(后山) 이선생(李先生)의 수록(手錄)으로 유사 1책이 만들어졌습니다. 또 복주의 사군자(士君子)들이 오히려, 풍절(風節)을 사모하여, 사당을 세워 제향을 드리고 비석을 세워 유허(遺墟)를 표시하였습니다. 봉안문, 상향축문, 비명(碑銘)과 비각을 건립할 때의 시(詩), 모두 한때의 명석(名碩)한 분들이 지은 것이었습니다. 이에 내가 수집한 것을 합하여 1권을 만들고 출간하여 오래도록 전하고 널리 배포하려고 하였습니다.

아! 공의 사당이 서원으로 승격될 때 나의 6대조 절도사(節度使) 공께서 성력을 다하였으나, 그 이루어짐을 보지 못하시고 타계하였습니다. 매양 한이 되는데, 이제 불초손(不肖孫)이 이 일을 행하니 더욱 추모의 감정이 일어납니다.

후손 용헌(瑢憲)[288] 공경히 발문을 쓰다.

---

[288] 손용헌(1845~1920): 자는 은서(殷瑞), 본관은 일직이다. 밀양에 살았다. 창녕군수를 역임하였다.

又

惟我先祖靖平公，歷事六朝，忠謇不懈，位至三司，清直規諫，而及其致仕　還鄉也．上賜几杖，以禮貌之，手寫眞，以籠異之，當時名公鉅卿，皆歌詠及序以賀之，今卽其詩玩，其辭益可見豐功偉烈之可傳，於後世者，多矣．但兵燹累經，文獻無徵，其幸而不泯者，遺事一冊，出於后山李先生手錄中，又福之士君子，尚慕其風節，立祠揭虔，竪石表墟，而其奉安常享文，與夫碑銘碑閣，詩什，皆一世名碩之所贅述也．茲庸蒐輯合爲一卷，付諸剖厥，圖求其傳廣其布．於乎，公之陞院之日，吾六代祖，節度公，極殫誠力而未見其成．已先辭世，每窃飲恨，而今不肖孫之於是役也，尤有所追感焉．

後孫　瑢憲　敬跋．

정평공 손선생 유적 간역시 집사기
靖平公孫先生 遺蹟 刊役時 執事記

도감(都監)　이중삼(李重三)

　　　　　　김황휘(金晃輝)

　　　　　　남석항(南錫恒)

　　　　　　이희락(李羲洛)

교정도감(校整都監)

　　　　　　　이중명(李重明)

　　　　　　　김진휘(金縉輝)

감인(監印)　남석우(南錫愚)

　　　　　　이택락(李宅洛)

　　　　　　김봉주(金鳳周)

감각(監刻)　이형규(李亨珪)

　　　　　　권준동(權準東)

　　　　　　김인수(金寅洙)

직일(直日) 이달규(李達珪)
　　　　　 남극태(南極泰)
　　　　　 김응주(金應周)

원(原)

융희(隆熙) 2년 무신(戊申, 1908) 4월 일
밀양(密陽) 안동(安洞) 삼외당(三畏堂) 간행.

靖平公 孫先生 遺蹟 刊役時 執事記

都監　李重三

　　　金晃輝

　　　南錫恆

　　　李義洛

校整都監

　　　李重明

　　　金縉輝

監印　南錫愚

　　　李宅洛

　　　金鳳周

監刻　李亨珪

　　　權準東

　　　金寅洙

直日　李達珪

　　　南極泰

　　　金應周

原

隆熙 二年 戊申 四月 日
刊于密陽 安洞 三畏堂

타양서원 기문

陁陽書院 記文

　살아서는 萬人의 崇仰을 받고 歿後에 千年토록 香火를 누린다면 이는 世上에 드문 英傑임에 틀림없다. 이곳 陁陽書院에 奉享된 靖平公 孫洪亮 先生이 바로 그런 어른이라 할 것이다. 살아서는 여섯 王을 섬기며 宰臣의 지위에 오르고 돌아가신 후 七백 년에 이르도록 香火를 누리시는 분이기 때문이다.

　先生은 高麗 忠烈王 十三년(一二八七)에 福州 陁陽縣(現 安東市 一直面)에서 태어났다. 어려서 이미 天稟이 非凡하였거니와 長成하여서는 더욱 局量이 크고 깊어 天下를 經營할 能力과 智略을 갖추었다. 先生은 忠宣王때 科擧에 及第하여 忠定王 三년(一三五一)에 致仕하기까지 四十여 년을 至誠과 忠情으로 高麗政局을 이끌었던 名臣이시다. 당시 高麗는 元나라의 統制下에 있으면서 複雜한 政治的問題가 끊일 날이 없었다. 어려운 難問題가 惹起될 때마다 先生은 忠諫과 雄略으로 그를 解決하여 高麗王朝의 安定을 圖謀하는데 이바지하였다. 이러한 功績으로 그 位階가 날로 陞差되어 忠定王 一년(一三四九)에는 推誠保節佐理功臣에 封하여지고 都僉議贊成事를 거쳐 判三司事의 지위에 올랐고 이듬해 六十五歲로 致仕함에 福川府院君에 封하여졌다.

致仕 後에는 林泉에 自適하면서 地上仙과 다름없는 생활을 하였
다. 그러나 先生이 七十五歲되던 해인 恭愍王 十一년(一三六二)에
紅巾賊의 亂으로 王이 安東으로 避難하였을 때는 先生이 布衣로 달
려가 王을 맞이하였고 收復後에는 開京까지 멀리 問安하였음으로
王이 그 忠情에 感激하여 손수 先生의 肖像畫를 그려 几杖과 함께
下賜하였다. 벼슬에서 물러난 지 十년이 지난 布衣에게 이런 聖恩은
그 類例가 없는 일이다. 이에 당시 元老重臣이었던 益齋 李齊賢 ·牧
隱 李穡 등이 詩로서 祝賀하였고 온 百姓들이 그 榮光을 稱頌하였
다. 禑王 五년에 九十三歲의 高齡으로 돌아가시니 靖平公의 諡號가
내리고 安東士林에서는 里社에서 祭享을 이어갔다.

　先生의 逝世後 三百餘年이 지난 朝鮮朝英祖十五년(一七四一)에
先生의 遺德을 잊지 못한 安東士林들이 先生의 遺墟에 陌陽書院을
세워 先生을 主壁으로 하고 桑村 金自粹 先生을 配享하였으며 그
후 다시 巴山 柳仲淹 先生을 追享하였다.

　桑村 金自粹 先生은 先生의 外孫으로서 高麗末의 直臣이니 忠定
王때 태어나 恭讓王 때 大司成과 忠淸道 觀察使를 지냈으나 高麗가
亡하자 一切의 官職을 버리고 故鄕인 安東에 落鄕하였다. 朝鮮 太祖
가 大司成으로 불렀으나 辭讓하였고 太宗은 刑曹判書를 命하면서
不應하면 處刑하리라 威脅함에 絶命詩를 남기고 自決하신 高麗의
罔僕之臣이다.

　巴山 柳仲淹 先生도 역시 先生의 外裔로서 學德으로 囑望받은 분
이었다. 일찍이 退溪門下에 受學하여 先生으로부터 志趣와 識見이
高邁하다는 稱讚을 들었다. 그러나 三十四歲의 젊은 나이로 早卒하
여 흔히 孔門의 顔回로 比喩되었다.

이 施陽書院은 이 地域出身으로 歷史에 큰 자취를 남긴 세 祖孫을 함께 모셨으니 그 意義가 자못 크다고 할 것이다. 그러나 大院君의 書院毀撤令으로 因하여 이 書院도 한 때 毀撤을 免할 수가 없었다. 그러나 眞實로 큰 德은 없어지지 않는 법이라. 天運의 循環을 따라 一九八四년에 復元되어 다시 香火를 잇게 되었으니 참으로 多幸한 일이다. 바라건대 세 先生의 尊盧이 길이 이곳에서 平安하시고 또한 後生들이 길이 志向하고 精進할 수 있는 指標가 되시기를 祈願하며 이 記文을 쓰는 바이다.

二〇〇八년 十二월 일

前嶺南大學校 敎授 哲學博士 眞城 李完栽 稿

정평공 묘비문

　안동군 일직 고을 팔랑동 북쪽 언덕을 등지고 둔덕같이 큰 무덤이 있으니 고려 추성보절좌리공신 삼중대광 판삼사사 직성군 시호 정평 손공의 묘이다. 옛적에 비석이 있었으나 오랜 세월 동안에 깎이고 닳아서 후손인 양결이 족친들과 의논하여 비를 새로 세우기로 하고 주손되는 기진이 멀리 병관에게 와서 비문을 청하오나 병관은 인격이 없고 문장도 넉넉하지 못할 뿐 아니라 늙어서 감히 이 청을 감당할 수 없으나 그 청함이 간절하므로 그 유사를 살려서 펴 엮는다. 공의 휘는 홍량이요. 첫 번 휘는 인비, 홍비라고 하였다. 손씨의 본래 성은 순씨이며 상조는 응인데 일직에 살았다. 후일 고려 현종의 휘 자와 맞닿으므로 국가에서 손씨로 개성을 명하였다.

　중조의 휘는 세경이니 관은 직장이고 조부의 휘는 연이니 관은 전객령이며 부의 휘는 방이니 관은 합문지후로서 금자광록대부 문하평리 상호군을 증직하였다. 어머니는 안동조씨이니 상호군 송의 따님이셨다.

　공이 충렬왕 정해년(一二八七)에 탄생하니 어려서 남다른 기질을 가졌고 장성하여서는 큰 사람의 도량 넓은 인격을 갖추어 청운의

웅지를 지니셨다.

충선왕 때 과거에 우수하게 급제하여 충숙왕 충혜왕 때에 청렴하고 강직하게 직언하는 신하로서 옛날 직간하는 관부의 풍도를 지녔다. 충목왕 충정왕 때에 대신이 되어서는 나랏일 처리에 관대한 도량을 보여 대신의 중후한 체통을 지녔다. 그의 공훈을 기려 봉군을 받으니 영화로운 은총이 함께하였다.

신묘년(一三五一) 공의 나이 六十五세인데 관직을 사퇴하고 고향에 돌아가서 산수를 즐겼다. 공민왕 임인년(一三六二)에 홍건적의 병란이 있어 왕이 안동으로 피난 할 때 공은 평민의 복장으로 중도에 나가 왕을 알현하고 위문을 드리니 왕께서 반가이 기뻐하며 말하기를 "그대는 진실로 한결같이 바른 예절을 지키는 사람"이라 하셨다. 갑진년(一三六四) 조정에 나가서 왕께 평난됨을 하례드리니 왕께서 그 충성에 더욱 감격하여 친히 공의 초상을 그리고 안석과 지팡이를 내리시고 받들어 궁궐 정문으로 나가게 명하셨다. 그때 명신들이 축시를 지어 읊으며 칭송하였다.

우왕 기미년(一三七九) 七월에 공이 세상을 떠나니 나이 九十三세였으며 시호를 정평이라 증하였다. 공이 6대 왕조의 원로대신으로서 국사에 이름이 기록되었으니 명성과 업적이 비교할 곳이 없었다. 그 관직을 사퇴할 적에 나이가 정년이 되지 않았음에도 쾌연히 물러났음을 「그릇이 차면 넘는다」는 진리를 쉽게 실천하고 경계함이었다. 후세에 평론가들은 마땅히 한나라 때에 이소(한나라 명신)와 같이 청사에 빛날 것이라고 하나 초상과 궤장을 받은 은총은 이소에게는 없었던 성사이다.

그 후 국가에 많은 어려움이 있었고 공이 작고한 뒤 十四년에 고

려의 운수가 기울어졌으니 목은 이색은 시에서 말하기를 「공이 봉
직할 때는 조정이 밝고 깨끗하였고 공이 가고 나니 병란이 일어나
네」하였고 풍원군 조현명이 유허비에 기록하기를 공이 조정에 봉
직하고 퇴관했을 때와 생존했을 때와 세상을 뜨셨을 때에 국가의
태평과 병란 흥망에 막대한 관계가 있었음을 알 수 있다라고 하였
으니 공의 생애와 두터운 덕망을 잘 표현한 말이다. 어찌하여 그다
지도 거룩하셨던가. 부인은 타양군부인 양성이씨이니 대제학이던
양성군 천의 따님이다. 二남 二녀를 두셨으니, 장남은 득수로 좌대
언이고 차남 득령은 전공판서 제학이다. 따님은 흥해군 배전과 통례
문 부사 김오에게 출가하였고 득수의 아들은 영유이니 관은 한성부
윤이요 웅발은 군사이며 원유는 판사로 일직군이고 인유, 의유는 도
승통이다. 딸은 시중 김정후와 현감 유의, 좌윤 김보, 사재령 이덕
배, 전서 권윤균, 현감 유온에게 출가하였다. 득령의 아들은 순백 벼
슬 참판, 순중은 경력, 순숙, 순계는 고사이고 딸은 이항, 민중손 부
사, 박봉길에게 출가하였다. 배전의 아들은 상도이며 직제학이고,
상경·상지는 판사복시사, 상공은 전서이다. 김오의 아들은 자정이
고 벼슬은 전서, 자수는 관찰사다. 영유의 아들은 관인데 장흥고사
였다. 웅발의 아들은 희인데 만호였으며 인유의 아들은 효종이요,
의유의 아들은 필연이고 군사이다. 순백의 아들은 유기인데 부사이
고 순계의 아들은 경연이고 벼슬은 봉례, 관의 아들은 조서인데 집
현전 학사로서 단종이 물러나자 관직을 버리고 향리에 돌아가서 은
거하였더니 이조참판을 증직하였다. 그 다음은 조상이다. 후손들이
번성하여 세상에 현달한 사람이 너무 많아서 다 기록하지 못하노라.
명하노니

화려한 많은 경력을 가졌으되 한결같이 마음은 항상 조심하였도다. 그러기에 백 가지 관직을 두루 거쳐 모든 업적이 넘쳤도다.

왕은 항상 그 곧은 충성을 기리면서 너의 현명한 경륜에 의지하였고 궁궐에서는 기둥과 주춧돌이 되며 나에게는 팔과 다리와 같았도다. 남과 다른 은총을 흐뭇하게 내렸으니 하늘이 그 큰 덕에 보답함이로다. 봉직하고 물러나 세상 뜨심에 국가의 흥망과 안위가 좌우되는구나. 혼이 뫼신 곳 여기 있으니 천만 년을 정령이 쉴 곳 여기라 하니 한 조각돌이 무슨 말을 이를 것인가. 이곳 지나는 모든 이는 반드시 거울삼으리.

李炳觀이 삼가 짓고 安璋遠이 삼가 쓰다.

靖平公 墓碑文

安東府 一直鄕 八郞洞，負坎之原，有阜如而封者曰，高麗 推誠保
節佐理功臣 三重大匡 判三司事 直城君 諡靖平孫公之墓也．舊有
碣，歲久刓剝，後孫亮傑，謀諸族，將改竪，而胄孫基晉，遠來索銘
于炳觀，炳觀，人輕筆萎，加以昏耄，不敢當是寄，其請甚懇，因掇
其遺事而叙之曰，公諱洪亮，初諱 仁庇，洪庇，孫氏本姓筍，上租
曰，凝望居皆于一直，後避顯宗諱，改賜孫氏，曾祖諱世卿 直長，
祖諱衍 典客令，考諱滂 閤門祗候，贈金紫光祿大夫 門下評理 上
護軍，妣安東曺氏 上護軍，松女．公生于忠烈王丁亥，初有異質，
及長雄偉秀發，有濟世器量，忠宣時，擢高第，歷事忠肅忠惠，淸剛
寶諤，有諍臣風，及相忠穆 忠定，務尚寬大，得大臣體，錄勳封君，
榮寵備至，辛卯公年六十五，致仕還鄕，優遊山水間．恭愍王壬寅，
有紅賊之亂，王出避福州．公以野服，迎拜于道，王喜曰，子誠一直
之人．甲辰入朝賀平亂，王益嘉其忠，手寫公像，並几杖以賜，命扶
披出端門，一時名卿，皆爲歌詩以美之．禑王己未七月，公卒，年九
十三，賜諡靖平，盖公以六朝元老，位躋台鼎，名載盟府，聲績之茂，
罕與倫比．方其致仕也，年尚未至而自以盛滿爲戒，翩然高擧．後之

尚論者, 以爲當與漢之二疏, 並美於靑史, 而若其蒙寫眞, 賜几杖之寵, 則又二疏之所無也. 未幾而國家多難, 及公歿十四年, 而麗運訖, 牧隱 李穡 詩曰, 公在朝廷淸, 公去聞兵腥. 豊原君 趙顯命, 記遺墟碑曰, 公之進退存歿, 關係國家治亂興亡, 蓋可見矣. 眞善言公矣. 何其偉歟. 配陁陽郡夫人 陽城李氏, 大提學 陽城君 梴女. 生二男二女, 男長得壽 左代言, 次得齡 典工判書 大提學. 女裵詮 興海君, 金悟 通禮門副使. 得壽 男永裕 漢城尹, 雄發 知郡事, 元裕 判事 一直君, 仁裕 郡守, 義裕 都丞統. 女 金鼎侯 侍中, 柳嶷 縣監, 金輔 左尹, 李德培 司宰令, 權允均 典書, 柳溫 縣監. 得齡, 男順伯 參判, 順仲 經歷, 順叔, 順季 庫使. 女李恒, 閔仲孫 府使, 朴逢吉. 裵詮 男尙度 直提學, 尙敬, 尙志 判司僕寺事, 尙恭 典書. 金悟 男自貞 典書, 自粹 觀察使, 永裕 男寬 長興庫使, 雄發 男熙 萬戶, 仁裕 男致蕃 僉知 茂芷 致男, 孝宗, 義裕 男必延 知郡事, 順伯 男有基 府使, 順季 男慶延 奉禮, 寬 男肇瑞 集賢殿學士 端廟遜位 棄官歸隱. 贈吏參, 次肇祥, 後承甚蕃衍, 世有顯者, 多不能盡錄. 銘曰

歷踐華膴, 一心兢兢. 乃宅百揆, 庶績咸興. 王曰忠貞, 仗汝賢能. 在厦柱石, 在身股肱. 殊恩異渥, 天實酬德. 進退存歿, 休戚于國. 衣屨有藏, 千古是卽. 片石何語, 過者必式.

嘉善大夫 經筵參贊官 侍講官 春秋館修撰官 原任 奎章閣副提學

延安李炳觀 謹撰

通政大夫行 知禮郡守 廣陵 安璋遠 謹書

檀君紀元 四千二百八十年(1947) 丁亥 十月

정평공 한글 묘갈명

　공의 성은 손씨(孫氏)이고 이름은 홍량(洪亮)이다. 중시조 간(幹)이 신라왕을 모시고 복주(안동) 일직현에 행차하여 드디어 일직인이 되었다. 공의 본래의 성은 순씨(荀氏)인데 고려조 현종의 이름과 발음이 같다 하여 시조 응(凝)때 성은 손(孫)으로 하사받았다. 증조는 세경(世卿)인데 벼슬이 상의직장(尙衣直長)이고, 조는 연(衍)인데 전객령(典客令)이고 부는 방(滂)인데 합문지후(閤門祗侯)로서 금자광록대부 문하평리 상호군(金紫光祿大夫 門下評理 上護軍)을 추증받았고, 모는 안동 조씨(曺氏) 밀직전사 상호군(密直殿使 上護軍) 송(松)의 따님이다.

　고려말 충렬왕 十三년(一二八七)에 송리 마을에서 태어나시었는데 어려서부터 준걸(俊傑)하고, 장성 후 더욱 용태가 뛰어나 능히 세상을 다스리는데 손색이 없었다. 충선왕 때 문과에 급제 충숙, 충혜 양조에 벼슬하고 충목왕 四년(一三四八)에 첨의평리(僉議評理)로서 정조사(正朝使)가 되어 원나라에 다녀왔으며, 충정왕 원년(一三四九) 추성보절좌리공신(推誠保節佐理功臣)에 도첨 의찬성사(都僉議贊成使)가 되었고, 이해에 나라의 전곡(錢穀) 출납과 회계를 맡아보던 삼사(三司)의 으뜸 벼슬로서 재상이 겸임하는 삼중대광 판삼사사(三重大匡判三司事)에 올랐으며, 이듬해 복천부원군(福川府院君)에 봉군 되고. 나이 六十五세(一三五一)에 관직에서 물러나셨다. 공은 천성이 늠름하고 청렴결백하며 권세에 미련을 두지 않을뿐더러 충성심이 지극하여 임금이 다섯 번이나 바뀌어도 오히려 벼슬은 점차 높아져 재상에까지 올랐고, 정사(政事)에는 관대하시어 대신의 풍도를 지니셨다.

공민왕 十一년(一三六二) 홍건적의 난으로 왕이 복주에 피난하시니 공이 평민으로 왕을 중도에서 영접하여 가마를 정돈하시고 난국 수습책을 진언하시며 위안하니 왕이 그 충성심의 한결같음에 감탄하였다. 공이 二년 후 그 난의 평정을 축하하러 서울에 가시니 왕이 안석과 지팡이 및 친히 그리신 영정을 하사하시고, 두 왕자로 하여금 부축하여 궁전 정문까지 전송케 하니 이야말로 왕의 특별한 은총이 아닐 수 없으며, 또한 만조백관(滿朝百官)이 모두 환송하고 당시의 석학 목은(牧隱) 초은(樵) 같은 분은 시를 지어 전송하였다.

공의 큰 덕과 높은 공으로 육조원신(六朝元臣)이 되었으며, 수가 九十三세로 우왕 五년(一三七九) 七월에 돌아가시니 시호는 정평(靖平)이다.

공의 부인은 양성 이씨 개성윤천(梴)의 따님인데 二남 二녀를 두셨다.

아들 득수(得壽)는 밀직대언(密直代言)이고, 득령(得齡)은 전서(典書)이며, 따님은 흥해군 배전(裵詮)과 통례문 전사(通禮殿使) 김오(金悟)에게 출가하고 친·외자손에 명현이 많았으나 여기에 다 적지 못한다.

공의 유적으로는 현재 안동군 일직면 송리동에 손수 심으신 은행나무와 잡수시던 우물 및 공민왕으로부터 하사받으신 초상화가 있고, 영조 二十년(一七四四) 九월에 안동사람(土林)들이 공을 숭배하여 길이 표창하려고 우의정 조현명이 글을 써서 세운 유허비가 현존하고 있는데 그 비문을 보면 『슬프다! 공이 물러나신 지 十二년 만에 홍건적 난이 있었고, 공이 돌아가신 지 十四년 만에 고려가 멸망하니 공의 진퇴존망(進退存亡)이 국가의 그것과 큰 관계가 있음을 가히 볼 수 있다. 특별히 공의 나이가 그리 높지 아니 하신데 벼슬을 그만두신 것은 선견지명(先見之明)이 계셨고, 또한 수(壽)를 누리셔도 포은(圃隱), 목은(牧隱)보다 먼저 돌아가시어 몸과 명예를 완전히 보전하시었으니 시전(詩傳)에 「이미 밝고 착하여 그 몸을 보전하셨고 점잖은 군자는 신명이 도운다」 하였으니 공 같은 분을 일컬음이라』고 씌어 있다.

이에 공의 닦은 바 행적의 기록이 한문으로 되어 원문의 뜻에 충실치 못 할까 두려우나, 한글로 적음으로써 후손들이 쉬 읽어 공의 청렴결백하고 오직 나라를 위하는 충정(忠貞)과 위업(偉業)을 깨닫고 본받아 일가화합(一家和合)의 계기와 생활의 지표로 삼고, 훌륭한 조상의 후예로서의 긍지를 지녀 나아갈 바의 본을 삼고자 한다.

一九八三년 十월 一일

安東大學 初代學長 哲學博士 光山 金學守・後學 永川 李龍九
삼가 엮음
二十二代孫 嗣孫 特銖・丹陽 張永吉 씀

직산재기289)

直山齋記

고려 정평 손공(靖平 孫公)의 체백(體魄)이 묻힌 곳이 일직현 직곡(直谷)에 있는데 중간에 잃어버렸다. 어떤 사람이 감히 가까이 장사하고 비석을 묻어 숨겨버렸다. 그러나 지역의 사람들이 전하는 말에 저 묘소는 손승상(孫丞相)의 묘소라고 하였는데, 옛 모양이 남아 있었다. 이로 인하여 여러 후손들이 정성으로 묻고 찾았는데, 지명(誌銘)을 얻어 증빙할 수 있었다. 이에 일족이 힘을 모아 묘소 아래 집 한 채를 구입하니 비바람을 막을 수 있었다. 지명으로 인하여 직산재(直山齋)로 편액하였다. 그리고 주손(胄孫) 특수(特銖)가 나에게 그 연고를 말하고 기문을 청하였다.

돌아보건대, 나는 비록 글을 쓸 만한 사람은 아니나 어찌 그만 둘 수가 있겠는가? 이에 삼가 아래와 같이 서술하니, 공(公)은 다섯 조정에서 관직을 역임하여 지위가 삼중대광(三重大匡) 좌리익찬(佐理翊贊)에 올랐고, 나라의 원로가 되었다. 이로 인하여 성대하고 가득찬 것을 경계하며 높이 천거될 기미를 보고 은거하여 산수를 즐기니 처사와 같았다. 그러나 오히려 임금이 지팡이를 내리고 손수 진영(眞影)을 그린 영광과 충훈청절(忠勳淸節)은 온 나라 사람들이

---

289) 정평공(靖平公) 묘소 아래에 있는 재실의 기문. 안동 일직면에 있다.

시를 외우며 사모하고 있다. 또 외루(外壘: 서원)에서 제향을 드리고 있으며, 비석을 세워 유허지를 나타내었다. 당시 초은(樵隱)과 목은(牧隱)같은 제현이 역대로 세상의 명공 현사(名公 顯士)인데, 다투어 서로 시를 읊고 찬양을 한 것이 1권의 책이 되었으니 지극히 아름다움을 다했다고 할 수 있다.

그러나 유독 묘소를 찾지 못하여 수백 년 동안 액운을 당했다고 하니 가히 한이 될 만하였다. 그러나 대덕(大德)의 후예가 번성하고 하늘의 신묘함이 다시 깊은 눈으로 이것을 증거하였다. 지금 또한 혼정신성(昏定晨省)과 쇄소응대(灑掃應對)290)하는 옛 모습으로 돌아와 이 재사에서 춘추로 머물러 재계하며 묘사를 받드는 곳이 될 것이다.

아! 특이하도다. 하늘이 대인을 내시고 신명이 도움에 생시(生時)나 타계 후나 차이가 없다는 것을 비로소 알게 되었다. 비록 고향에 돌아와 쉬고 있으나 숨겨진 것은 반드시 나타남이 있고, 끝내 또한 사람들이 숨기지 못하는 바가 있는 것이다. 이 재실에 거주하는 사람은 선조를 생각하고, 인하여 각기 효심으로 선조의 덕을 닦고 권장하는 사람을 기다리지 않고도 스스로 권면함을 안다면, 내가 기문을 쓰는 뜻이 또한 여기에 있다는 것을 알 수 있을 것이다.

무신(戊申: 1968년) 9월 중양일(9일)에 경주(慶州) 이온우(李溫雨)는 삼가 기문을 쓰다.

---

290) 혼정신성: 아침에 일어나 부모님의 문후(問候)를 살피고 저녁에는 이부자리를 펴 드리는 것. 쇄소응대: 빗자루로 쓸고 사람들을 응대하는 기본적인 예절. 즉 자식, 자손이 일상생활에서 하는 일.

直山齋記

高麗靖平孫公, 體魄之藏, 在一直縣, 直谷, 而中世失守. 有人敢逼葬者, 隕埋碑石, 而諱之. 然, 土人傳說, 其曰 孫丞相墓, 猶依然也. 因此諸後孫, 積誠搜問, 掘得誌銘, 有徵信. 乃湊合族力, 直其兆下, 購一屋, 可庇風雨者. 因地名而扁曰 直山齋. 然, 後胄孫特銖, 爲予道其故, 而請記之以所善也. 顧子雖非人, 敢已哉. 乃謹書之, 盖公歷仕五朝, 位躋三重佐理翼贊, 廟謨爲國元老. 因復盛滿持戒, 見幾高舉, 隱逸山水, 若處士. 然, 猶且錫杖寫眞, 榮自天手, 而忠勳清節, 爲舉國人所誦慕. 既畏壘而尸祝之, 又竪碑而表遺墟. 自當時樵牧諸賢, 歷世名公顯士, 競相歌詠讚揚之, 什積至卷帙, 可謂極於盡美矣. 然, 獨其象山厄於疑似, 頗數百年, 是可恨也. 然, 大德蕃裔, 而神天有復深目徵之. 今亦歸定省掃辨, 此墳舍以爲春秋齊宿, 奠祀之居. 嗚呼異哉. 始知天作大人, 神明所佑者, 無間死生. 雖其歸休一坯, 晦必有顯, 終亦人莫敢以掩有之. 此居斯齋者, 若能思其所, 因其各謹孝心, 率修先德, 有不待人勸, 而自當知勉, 則予之爲記意, 亦止此云.

戊申 九月 重陽日 慶州 李溫雨 謹記

<정평공 수식 은행나무 시>

정평공께서 손수 심으신 은행나무에
아! 싹이 돋았네. 작은 서문을 붙임
靖平公 手植銀杏木 粤 蘖韻 幷小敍

회산(晦山) 손양대(孫亮大)291)

일직의 송동(松洞)은 정평공이 살았던 곳이다. 우물 위에 은행나무 한 그루가 있는데 옛 노인들이 전하기를 정평공(靖平公)이 집 앞에 손수 심은 것이라고 하였다. 대산옹(大山翁)292)의 시에 말하기를 "잡초 무성한 우물가에 은행나무가 있으니, 밝은 달빛 성긴 그림자 하늘에서 반쯤 드리워져 있네.(荒草井邊銀杏樹, 月明疎影半參天)"293)라는 시가 이것이다.

화산(花山: 안동)의 사림들이 오히려 공경하고 사랑하여 경계하고 보호하였으니 선생의 뜻을 사모하고 공경하였기 때문이다. 오육백 년이 경과하여 가지의 껍질이 썩고 시들어 거의 생의(生意)가 없는데 이르렀다. 길 가는 사람들이 쳐다보며 탄식하지 않는 자가

---

291) 손양대(1848~1931): 자는 성집(成集), 호는 회산(晦山), 본관은 일직이다. 척암(拓庵) 김도화(金道和)의 문인. 정평공 19세손, 영모재(永慕齋) 손호(孫顥)의 10세손이다. 밀양에 살았다. 『정평공 유사』를 편찬하였다. 이 시는 『회산집』에 수록되어 있다.
292) 대산은 이상정(李象靖)의 호(號)이다.
293) 2구(句)의 '半參天'은 <비각시>에는 '冷三天'으로 되어 있다. 이 시는 <정평공 유허비각 시십>에 보인다.

없었다.

지난해 내가 그루터기 속에 홀연히 한 가지를 보았다. 정미년(융희 2, 1907)에는 한 줄기가 빈 구멍 속에서 나왔는데, 금년(1908) 봄에 또 곁에서 한 줄기가 나왔으니 매우 기이한 일이다.

살고 있는 사람들이 나무꾼과 목동이 벨 것을 염려하여 울타리를 둘렀다. 한 지역의 유생들이 이 일을 기술하였는데 "생각건대 또한 우리 유림의 기수(氣數)와 관계되지 않겠는가?"라고 하였다. 손씨가 다시 창성할 조짐이 아니겠는가? 인하여 운자(韻字)를 내어 노래하고 읊으니, 아!, 소공(昭公)이 쉰 감당나무294)와 무묘(武廟)의 잣나무295) 같으니 사람들이 애석해한 것이 어찌 다만 나무일 따름이겠는가? 우리 선조의 적덕(積德)이 사람들을 깊이 감동시킨 것을 대개 볼 수 있다. 또 남겨진 빛과 복이 여러 선배들의 상자 가운데 숨겨 둔 것이 다행히 만에 하나가 드러남을 얻었으니 나타나고 숨겨진 것의 운기에 있는 것이 아니겠는가?

一直松洞, 卽我靖平公遺址也. 井上有銀杏樹一株, 古老相傳云, 靖平公, 堂前手植, 而大山翁詩曰, 荒草井邊銀杏樹, 月明疎影半參天者, 是也. 花山士林, 尙敬愛而戒護之. 蓋由慕仰先生之意, 經五六

---

294) 『시경』<감당(甘棠)>시에 "무성한 감당나무를 자르지 말고 꺾지(베지) 말라. 소공이 쉬던 곳이니라.[蔽芾甘棠, 勿剪勿敗(勿伐), 召公所憩]"라는 구절이 있다. 사람들에게 감화(感化: 덕화)가 큰 것을 말함.
295) 무묘(武廟): 촉한(蜀漢)의 승상 제갈량(諸葛亮)을 이른 말. 두보(杜甫)의 <촉상(蜀相)> 시에 "승상의 사당을 어느 곳에서 찾을꼬, 금관성 밖 잣나무가 빽빽한 곳에 있다네.[丞相祠堂何處尋, 錦官城外栢森森]"라고 한 데서 지칭한 말이다.

百春秋, 枝甲朽敗, 幾至無生意. 行路瞻望者, 莫不嗟歎. 前年余見
一枝忽叢茂, 丁未有一莖, 抽出竇虛中. 今春又生從傍一叢, 甚異事
也. 居人慮樵牧剪伐, 藩而圍之. 一方章甫, 述其事, 而記之曰, 抑
亦吾林氣數之有關歟. 孫氏再昌之兆歟. 因拈韻而歌詠之, 噫, 召憩
之棠武廟之柏, 爲人愛惜者, 豈徒樹木而已哉. 吾先祖積德, 八人之
深, 槩可見矣. 且遺光餘馥, 潛藏于諸先輩, 箱篋之中, 幸得闡揚萬
一, 則無乃顯晦之有數歟.

似惜前身植養功　전인이 나무를 심고 기른 공을 애석해한 듯
數莖生出腹虛空　몇 개의 줄기가 다시 나무의 구멍에서 나왔네.
乾坤迭有消長理　하늘과 땅이 번갈아 자라나게 하는 이치
雨露融成造化容　비와 이슬이 모여 조화의 모습을 이루었네.
多謝輿情思勿伐　뭇 사람들이 감사해 하고 물벌을 생각하니
從知遺蔭積無窮　남긴 음덕이 쌓여 무궁하게 자랄 것을 알겠네.
俯仰先天皆寓慕　하늘을 쳐다보며 모두 사모의 뜻을 붙이니
陜山松竹碧叢叢　타양의 송죽처럼 자라 무성하길 바라네.

손정평공이 손수 심은 은행나무296)가 지금으로부터 600여 년이 되었다. 나무가 말랐다가 다시 살아났는데, 후손들이297) 시로써 이 사실을 기록하였다. 요청하기에 내가 화답하였다.

孫靖平公手植 鴨脚樹 距今爲六百年 枯而復生 昆孫詩以識其事 要余和之

금주(錦州) 허채(許埰)298)

邦人傳說手栽功 지역 사람들이 정평공이 손수 심었다고 전하는데
勝國春光終未空 고려의 봄빛이 끝내 없어지지 않았네.
六百年深宜晦本 600년 세월 뿌리는 깊어 보이지 않는데
兩三枝出更敷容 두서너 가지가 다시 모습을 드러내었네.
冠竹再生誠不偶 관죽299)이 다시 살아나는 것은 진실로 우연이 아닌데
王槐餘蔭政無窮 왕괴300)의 넓은 그늘 진실로 다함이 없네.

---

296) 압각수(鴨脚樹): 은행나무의 별칭. 잎이 오리발과 비슷한 데서 이르는 말.

297) 곤손(昆孫): 원래는 현손의 아들, 즉 5대손을 이르는 말인데, 여기서는 후손을 이르는 말.

298) 허채(1859~1935): 자는 경무(景懋), 호는 금주(錦洲), 본관은 김해(金海)이다. 1891년(고종 28)에 진사시 합격하였다. 밀양에 거주하였다. 이 시는 『금주문집』에 수록되어 있다.

299) 큰 대나무

300) 큰 회나무.

勿傷勿剪相爲戒 상하게 하지 말고 자르지도 말라301)고 서로 경
　　　계하니
佇見千叢復萬叢 우두커니 서서 천 가지가 다시 만 가지 되는 것
　　　보리라.

---

301) 회산 손양대 시 참조.

타양의 은행나무. 서문을 함께 씀

沱陽杏 幷敍

소눌(小訥) 노상직(盧相稷)302)

　손정평공이 손수 심은 은행나무가 일직현 타양서원 앞에 있었는데, 상해서 마른지 100여 년이 되었다. 지금 다시 싹이 나서 영가의 사림들이 운자를 내어 시를 지어 읊었다. 본손 중에 헌기(憲基)와 조(祚)가 요청하기에, 내가 화답하였다.

孫靖平公手種銀杏　在一直縣　沱陽書院之前　朽傷百餘年　今復生芽
永嘉士林拈韻以詠　本孫中憲基　祚　要　余和之

　先天含蓄後天功　선천의 함축이 후천의 공이 되니
　一樹貞元理不空　한 나무의 원리 다하지 않았네.
　枯似蜀枏驚凍折　마른 것은 촉땅 녹나무가 동절함에 놀라는 것
　　　　　　　　　같고303)

---

302) 노상직(1855~1931): 자는 치팔(致八)이고, 호는 소눌(小訥), 본관은 광주(光州)이다. 경남 창녕 출신으로 1912년 밀양의 자암서당을 강학하였다. 1919년 한국의 독립을 호소하는 파리장서에 서명하였다. 이 시는 『소눌문집(小訥文集)』에 수록되어 있다.

303) 촉땅은 중국 남쪽 지역이므로 나무가 얼지 않는데 얼었다는 말은 거의 있을 수 없는 일임을 말한 것임. 녹[枏]나무는 좋은 목재를 말함. 동절은 얼어서 죽는 것

芽如魯檜復春容 싹은 노나라 회나무가 봄에 모습을 회복하는 것
　　　　　　　 같네.
地氣奚徒木榮悴 지기가 어찌 다만 나무에게만 영화와 쇠퇴가 있
　　　　　　　 으리오
邦人爰卜道通窮 지역 사람이 이에 길이 다함에 통하게 하였
　　　　　　　 네.304)
先生更有扶持力 선생이 다시 도우고 지키는 힘을 두었으니
挺得龍形第幾叢 빼어나 능히 용의 형상으로 자라기를 바라네.

　　을 말함.
304) 『주역』 <계사전>에 "궁하면 변하고, 변하면 통한다는 말이 있다.[窮則變,
　　變則通]"

188

정평공 유사 번역 후기

　이 책은 《정평공 유적》 국역본입니다. 공(公)의 휘(諱)는 홍량(洪亮), 호는 죽석(竹石), 본관은 일직(一直)입니다. 고려 말에 등과(登科) 하여 관직은 삼중대광(三重大匡) 판삼사사(判三司事)로 추성보절좌리공신(推誠保節佐理功臣)과　직성군(直城君)에　봉군이 되시고, 안동의　타양서원(陁陽書院)과 밀양의　혜산서원(惠山書院)에서 제향을 드리고 있습니다. 부군(府君)께서는 고려 충렬왕 13년 정해(1287)에 안동의　일직면 송리에서　탄생하셨습니다. 충선왕(王) 때 문과에 급제하여 충선(忠宣), 충숙(忠肅), 충혜(忠惠), 충목(忠穆), 충정(忠定) 5조(朝)에서 관직을 역임하고, 65세에 관직에서 물러나 고향으로 돌아왔습니다

　공민왕(恭愍王) 10년 신축(1361)에 홍건적의 난리가 일어나 왕께서 복주(福州: 안동)로 피난 하였습니다. 이때 정평공은 75세의 노령으로 평민 복을 입고 길에서 왕을 맞이하였습니다. 공민왕께서는 기뻐하시며 ‘자성일직지인(子誠一之人)’이라 하셨습니다. 2년 후 개경에 가셔서 왕에게 평란이 됨을 하례 드리니 왕께서 기뻐하셨습니다. 왕께서는 공의 초상화를 손수 그려주시고 구절용장(九

節龍杖)을 하사하셨습니다. 이때 조정의 만조백관들이 시(詩)를 지어 축하하고, 전별연(餞別宴)을 베풀었습니다. 취금헌 박팽년 선생께서는 격재(格齋) 선조의 청으로 진권서(眞卷序)를 지어주셨습니다.

그러나 이러한 문헌이 모두 한문으로 기록되어 있으니 요즘 한문이 능하지 못한 사람들은 해독하기가 여간 어려운 일이 아닙니다. 그래서 무식단문(無識短文)한 정헌(正憲)이 선조(先祖)의 행적(行蹟)을 알고자 하는 마음에서 정평공 선조의 유적을 수시로 몇 년 동안 심혈을 기울여 봉심(奉審)을 하였습니다. 그러나 천학비재(淺學非才)인 저로서는 어려움이 한두 가지가 아니었습니다. 또한 췌언(贅言)이나 견강부회의 말로 잘못 해석하여 선조님을 욕되게 하지 않을까라는 생각에 한없이 두렵기만 했습니다.

그러나 대략이라도 기록해 두면 후손들이 살펴보고 선조의 유적을 아는데 조금이나마 도움이 될 것이고, 그리고 후인들이 공(公)의 학덕(學德)을 알고자 하는데 도움이 될 것이라는 생각에 번역을 하였습니다. 더불어 내가 혹 잘못 기록한 부분이 있으면 바르게 고쳐주는 군자가 나와 주기를 바라는 마음 간절할 뿐입니다.

계사(2013)년 9월 일

20대 불초손 정헌(正憲) 삼가 기록함

정평공 유사 번역을 마치고

　지난 겨울에 정평공 손홍량 선생의 후손인 손대상(孫大相) 대종손과 손태직(孫泰直) 도유사, 손태훈(孫泰勳) 인형(仁兄)이 정평공 학술발표 관계로 대구에서 회합을 하였는데, 이때 《정평공 유사(靖平公 遺事)》 한 권을 나에게 보였습니다. 살펴보니 일족인 손정헌(孫正憲) 한학자가 번역한 것으로 아직 발행은 하지 않았고, A4 용지에 타자된 복사본이었습니다. 내가 파일이 있는지 물어보니 없다고 하였습니다.

　번역은 1908년에 목활자로 발행된 중간본을 번역한 것이었는데, 뒤에 첨부된 원문은 1907년에 발간된 초간본이었습니다. 또 타자를 한 원문이 표점이나 띄어 쓰기가 되어 있지 않았고, 번역문은 고전적인 용어가 많아 이해하는 데 어려움이 있었습니다. 또 원문을 이해하기 위한 주석의 보완이 필요하였습니다.

　그래서 수개월째 고심을 하였는데, 현대인 특히 젊은 사람들에게 정평공의 유사를 읽고 그의 처세와 출처, 인품 등을 쉽게 이해할 수 있게 하기 위해서는 재번역을 해야겠다는 생각에 이르게 되었습니다. 그래서 문중에 제 뜻을 전달하여 번역에 착수하였습니다. 번역은 독자적으로 하였으나 필요한 경우에는 정헌 한학자의 번역을 참고하였습니다.

정평공 유사는 국립중앙도서관에 2종이 소장되어 있는데, 1907년에 목활자로 발간된 초간본이 있고, 1908년에 발행된 중간본이 있습니다. 중간본은 초간본에 <타양서원 승원시 사적>을 덧붙여서 간행한 것입니다. 표제는 <정평공 유적(靖平公 遺蹟)>이라고 하였는데 중간의 표심에는 <정평공 유사>라고 되어 있습니다. 국립중앙도서관 분류에도 <정평공 유사>로 명명하고 있었습니다. 그래서 본 책의 제목도 『정평공 유사』로 정하였습니다.

정평공은 고려 말에 살았던 분으로 고려가 원나라 지배하에 들어갔을 때 관직에 나아갔던 분입니다. 『고려사』와 『고려사절요』에는 그가 역임한 관직과 부원군에 임명된 것과 지팡이와 시호를 내린 것, 그가 타계한 것 등이 간략하게 기록되어 있습니다.

그가 역임한 관직으로는 62세에 첨의평리(僉議平理), 63세 7월에 도첨의찬성사(都僉議贊成事), 동년 10월에 판삼사사(判三司事)로 종1품에 올랐습니다. 그리고 62세에 원나라에 하정사(賀正使)로 다녀왔으며, 63세에 추성보절좌리공신(推誠保節佐理功臣), 64세에는 복천부원군(福川府院君)에 봉군 되었습니다.

위에서 살펴본 바와 같이 정평공은 오늘날 경제부서의 장관직에 해당하는 삼사(三司)의 판사(判事)를 역임하고, 공신에 책봉되고, 부원군에 봉군(封君) 되는 최고의 영예를 누린 것을 알 수 있습니다.

　백문보는 <사장 판삼사사 손공 시서(賜杖 判三司事 孫公 詩序)>에서 "충정왕 3년(1351)에 부귀를 누릴 만하였는데 갑자기 마음을 바꾸어 벼슬에서 물러나 고향으로 돌아갔다."라고 하였습니다. 이때 그의 나이는 65세였습니다. 그가 물러난 것에 대하여 선유(先儒)들은 시사(時事)의 '기미'를 보고 물러난 것이라고 하였고, '성대하고 가득 찬 것을 경계한 것'이라고 하였습니다.

　『주역』 <계사전(繫辭傳) 하(下) 5장>에는 "공자께서 말씀하시기를 기미[幾]를 앎이 신묘함인저!"라고 하고, "기미는 움직임이 은미한 것이니 길흉이 먼저 나타난 것이다."라고 하였습니다. 이 구절이 경전 중 기미에 대하여 가장 잘 설명한 글입니다. 다시 말하면 기미는 일의 상황을 보고 미리 일어날 일을 예측하는 것을 말합니다.

　또 『주역』의 <겸괘(謙卦)·단사(彖辭)>에는 "천도(天道)는 가득 찬 것은 이지러지게 하여 겸손(謙遜)한 것에 더해 주며, 지도(地道)는 가득 찬 것을 변하게 하여 겸손한 곳으로 흐르게 하며, 귀신은 가득 찬 것을 해치고 겸손한 것에 복을 주고, 인도(人道)는 가득 찬 것을 싫어하고 겸손한 것을 좋아한다. 겸손은 높고도 빛나며 낮추나 넘을 수가 없으니 군자의 마침이다."라고 하였습니다.

　정평공은 위 경전에서 말한 이 두 가지를 잘 실천하신 분입니다. 그래서 93세의 천수를 누렸으며, 관직은 1품으로 재상의 반열이었고, 덕을 갖춘 군자였습니다. 이것을 맹자는 '삼달존(三達尊)'이라고 하였습니다. '삼달존'은 세상 어디를 가더라도 인정을 받고 통하는 것입니다.

　여기에서 우리는 정평공의 처세와 출처, 덕행을 볼 수 있습니다. 오늘날 많은 사람들은 그칠 줄을 모르고 있습니다. 다시 말하면 만족할 줄 모르는 것입니다. 특히 나라의 일을 맡고 있는 관리들, 즉 공무원은 이를 깊이 명심하고 교훈으로 삼아야 할 것입니다. 기타 다른 세세한 일들은 부연하지 않고, 분량도 많지 않으므로 이 책의 일독(一讀)을 권유 드립니다.

　짧은 기간에 번역을 한 관계로 문장이 매끄럽지 못한 부분도 있고, 또 주석의 설명이 부족한 부분도 있을 것입니다. <사장 축하시(賜杖 祝賀詩)>는 모두 명공석덕(名公)한 분들이 지은 것으로 명문장이었습니다. 그러나 은유가 많아 번역에 어려움이 많았습니다. 혹여 오역이 있지 않을까 염려가 됩니다. 강호 제현의 많은 질정을 바랍니다.

2025년 을사(乙巳) 5월 18일

철박박사 능성(綾城) 구본욱(具本旭) 근지(謹識)

金鳳周

監刻李亨珪

權準東

金寅洙

直日李達珪

南極泰

金應周

原

隆熙二年戊申四月日刊于密陽安洞三畏堂

靖平公孫先生遺蹟刊役時執事記

都監　李重三

金晃輝

南錫恆

李義洛

校整都監　李重明

金繪輝

監印南錫愚

李宅洛

尤有所追感焉後孫璿憲敬跋

清貞規諫而及其致仕還鄉也　上賜几杖以禮貌
之手寫真以寵異之當時名公鉅卿皆歌詠及序以
賀之今即其詩玩其辭益可見豐功偉烈之可傳於
後世者多矣但其燹累經文獻無徵其幸而不泯者
遺事一冊出於后山李先生手錄中又福之士君子
尚慕其風節立祠揭虔豎石表墟而其奉安常享文
與夫碑銘碑閣詩什皆一世名碩之所贊述也茲庸
蒐輯合為一卷付諸剞劂圖求其傳廣其布於乎
公之陞院之日吾六代祖節度公極殫誠力而未見
其成已先辭世每窃飲恨而今不肖孫之於是役也

曲江裴公所著及賀枚詩銘眞卷序國史州誌內外

裔世系圖則后山李先坐所輯而并爲一冊書之曰

靖平公遺事大山李先生序之又得碑閣詩什一篇

亦皆一時名賢碩儒頌歌而贊述者也奉安常享文

及陞院時文字搜出於各家文集中謄爲上下編於

乎世之相後如此而福之士君子愈久而不忘藏此

遺輯不啻若琬琰又營一架於院墟爲講會之所吾

先祖積德及人之淡如是矣將謀鋟梓而壽傳以不

頁諸先輩尚德衞賢之萬一云爾後孫亮大敬跋

惟我先祖靖平公歷事　六朝忠蹇不懈位至三司

靖平公遺蹟後跋

於乎吾先祖靖平公當勝國之世歷事　五朝盡忠

輔理躋三重封直城賚几杖賜寫眞而國之安危係

公進退者略載於麗史州誌及諸賢錄中世代既革

子孫散居而家藏文獻盡佚於鬱攸豐功偉德無由

以得其詳焉昌勝恨哉何幸秉彝之論不泯公沒三

百餘年之後福州士林尚景慕而詠歎之竪石而表

墟畏壘而薦享又數百年所矣余以先事累到花山

訪松洞舊址井杏踈泠祠址荒蕪彷徨怵惕尤不禁

桑梓之感今年春往一直求得遺蹟於李基洛氏家

用意之勤安能如是裁倡後來遺墟立碣之蹟院社
陛享之文有未及焉者故兹與本面章甫更加整頓
次弟編附以為壽傳之訃而竭力錄樟不辭經費者
本孫璿憲也不俊亦居在本縣與聞其事且伏見尼
坡龜窩兩祖詩什載在篇中尤不能無情於是役也
遂略識如此附之下方聞韶後人金道和識

靖平公孫先生實蹟後識

右靖平孫先生實蹟一册即我后山先生李公蒐輯
成篇而大山李先生實序之盖朱夫子所以作亭於
尚書即劉公凝之之遺墟而記事闡述之意也不亦
偉哉於乎靖平先生勝國人也今距五百有餘歲而
天地政闊滄桑屢翻當日文獻漠焉杞宋之無徵而
先生之外裔曲江裴公玅據遺蹟撰成遺事略以備
先生之始卒何其幸也既又后山翁博來史乘遍搜
諸家自玄陵一直二字之褒至錫杖摹真之諸賢
敘述莫不備錄以貽無窮茍非一番先輩尚慕之篤

靖平公遺事終

前賢從今晚學秖緣廟如見精靈陟降天

李秉顯

相國名勳勝國年遺墟留有月蒼然蝸龜已表　三

朝德牲牢追崇百世綿嶠嶺幸茲今尚禮永嘉元是

古多賢祼將圭瓚祭丁獻祇拜祠前趁曉天

李邁榮

麗代蒼茫問幾年蠹文一片尚依然舊朝勳業王槐

老淸世雲仍周峽綿虛巷千秋民慕德畫楹一洞士

崇賢蒼蕪白露挹遺馥雲水精神見後天

李壎

賜杖寵還闕幾年荒墟踈杏尚悽然三重勳業　六

朝老一直坊各萬世綿西蜀誰恩漢相烈北鄕特表

鄭公賢高山麗水至今在箕騎也應隮洞天

李之綱

記昔先生賜杖年牧爺歌詠尚依然入補一直坊名

好澤厚千秋峽籙綿幼婦銘傳旋古躅儒林尸祝報

士尊賢故墟雲物多興感喬木蕭疎月滿天

權　襄

遺墟碑立亦幾年竹馬騎來記憶然六十流光猶曠
絕半千前事久連綿封塋羨蕨談村老几杖佳詩誄
國賢一直洞名眞可積陀陽宣額顧叫天

李宗相

影事前朝五百年遺墟獨立意怊然扶傾碩德青山
重知止高標黃鳥綿南國即今鄉祭社東門當日路
歡賢應知踈杏三夏月笙鶴時時降九天

南麟燮

卯原退老憶當年忠節廉風尚瀼然鳩狀百齡溪島
嘆莞裘何處柳花綿山林宰相曾推重宇宙風聲孰
繼賢一片苔碑惟恐語落成歌轉夕陽天　李述靖 號暘谷
芳躅寥寥莫記年故閭新堤石嵐然坊名一直遺風
厚井潆某宰舊緌綿喬木當時尊達老宾鴻季葉退
閒賢箕空十載麗桃歌誰識公心隔自天　南龍變 號松陰
憶昔松京襄李年相公遺蹟自超然 三朝耆德高
碑立一直坊名永世綿殊遇當時君畫影餘芬今日

前賢乃知公議終難泯蓽草崇祠煥後天

　　　金光啓

古墟春草幾年年相國遺碑此儼然名動一時喬嶽

重澤流千載碧溪綿虛郊起感停騷客曠世齋咨式

後賢最是百年難掩議何殊今古秉羲天

　　　李春泓

草綠前郊年又年劫灰消息問茲然行尋小閣依喬

木想像林廬臥退賢片石苔溪青上篆一邱雲護白

堆綿金章玉帶渾前影秖有坊名閱後天

　　　金垞　號龜窩

東門祖道昔何年野服風流已渺然遺韻山花鳥和
語芳名春雨草芊綿荒原后稷千秋影虛巷人傳百
代賢可愛一株銀杏樹尚含元氣半參天

李埏　號艮岩

蒼茫麗代閱幾年往事如今雲水然井帶相公踈杏
古坊垂一直小溪綿煌煌几杖　恭王寵穆穆詩歌
牧老賢畏壘尚稽俎豆享荒碑寂寞夕陽天

李春敏

寂寞遺墟問幾年豐碑谷口尚依然臺荒曉月來孤
影雲自松嶺故似綿萬古江山留舊迹百年天地起

士林賢今來無處尋幽宅却憶精靈在彼天

後孫錫麟

聽說 玄陵駐蹕年秖今回首巳蓀然聲猷肯逐繁

華散文憲猶徵世代綿不有新薨粧短碣何言後輩

尚前賢千秋不死烏山老惠好公靈想在天

權心揆

相國風猷季葉年臨溪畵閣表巍然坊垂一直碑乎

口胄泳千秋祑以綿不有當時勇退義誰稱前代哲

明賢休憂剗落與敲勵憂報揄揚不在天

權斗揆

身佩安危定幾年秖今喬木尚依然繁華一夕水流
遠德業千秋人語綿直道　六朝猶惠介清風千古
繼疏賢九原莫副蒼生望螭首婆娑近午天
　　　　　李光靖　號小山

桑海茫茫五百年荒臺廢井尚依然居人只說前朝
貴片石能言相國賢天地至今各一直山河曠世感
繼綿一斛寒淥行將醉碧草黃鸝日暮天
　　　　　金光憲　號尼坡

寥落荒墟不記年寒泉老樹起悽然　三朝事業滄
桑白九衮恩榮竹帛綿湮沒幾為玄冑恨闡揚多賴

公賢丹青小閣非祠廟只控分明勝國天

柳澧

岳降星騎幾百年遺墟老樹風凄然今人爲設新碑

閣往蹟誰云已紗綿朱棋浮雲衛大字碧簷寒月象

前賢溪山自此生顔色顯晦由來係彼天

李植春

公際麗朝運訖年遺墟物色久悽然留候晚節喬松

願太傅賢名宇宙綿三尺龜頭待今日千秋鴻績記

前賢海村信筆堪徵後曠世相逢亦是天

李命耉　號板浦

廢王家餘福尚看綿優恩杖几酬元老盛蹟雲根表

大賢景仰遺芬瞻拜地溪山生色夕陽天　金養河

滄桑人事近千年春日遺墟感自然斷斷　六朝忠

烈炳承承百代本支綿微誠只擬營祠廟片石那能

表大賢景仰高山瞻拜地森森喬木倚春天　南命宅　號拙窩

延次

人是高麗五百年石畱偉蹟立嵬然水流故國應桑

海秋浦蕪墟俱木綿過客欲尋喬木影居民猶說相

相國徽蹟已千年喬木遺墟倍悵然功大前朝忠炳炳

李春恬 號雪壑

炳業垂來裔慶綿綿石碑今日愴銘德邊豆幾時得

尚賢濟濟青襟瞻拜地遲遲春日到中天

南應台

蒼茫人世幾多年遺跡今來尚宛然縣以直名光里

巷德因碑古澤連綿經綸邦國 六朝老矜式儒林

百代賢濟濟青襟兼遠近一堂佳會屬春天

金宅河

蒼茫喬木閱千年立馬春風感自然錢氏古墳今不

秘隴井苔渙歲月綿廟策不關閒退老令朝爭似末

朝賢歸翁覷得幾先事一片銘留照洞天

李春溥　號遠湖

公議虔祠巳有年每經墟里感油然精靈不泯山川

在忠節長留日月綿豈是鑴珉能記德祗拘　明制

愧尊賢莫言萬事消磨盡畫閣增光暎洞天

李春元

輦路江楓野草年雲林素髮鶴仙然寫真宸筆丹青

炳賀杖璟篇竹帛綿故國風烟喬木老永嘉山水相

公賢臨河往事憑無地大字豐碑亦有天

入去名存幾百年遺墟是日意悽然巳能勳業前朝

大宣使雲孫後代綿石面謹書黃絹字士林爭拜相

公賢雲山依舊芬猶襲勝事春三月暮天

金象河

相國退休幾許年遺墟斜日感油然勳名策上　恩

榮重几杖詩中福硬綿薦豆闕儀歎後輩竪碑鐫字

識前賢欲知堅確難渝志看取螭頭半揷天

權命揆

南極星高杖子年江山第宅憶茲然烽臺蕨長衣冠

襲世德傳家始識綿片石何能揚盛烈縟儀恨未尚

前賢襟紳此日聊伸敬好懿湲誠自是天

　　　　南應斗

記取先生乞退年行藏一世獨超然　六朝勳業班

儔最百世遺香子姓綿畫閣徒能光舊里標題寧合

尚前賢且憐寫照歸明廣只恨當時掛梵天

　　　　李宅洙

直名吾縣幾經年相國風猷正杳然事業　六朝忠

炳炳雲仍千後慶綿綿勳各只許垂青史祠廟還嫌

闕尚賢濟濟青襟來拜地菴菴喬木翳春天

金棐

先祖遺墟問幾年餘風千古尚依然影幀已矣干戈

失勳業惟於竹帛綿賜杖賀詩皆國老豎碑公議又

諸賢薦邁盛舉拘時制誰把輿情達九天　後孫頓泰　號杏渾

豐功偉烈映當年況復先幾亦卓然直以名村芬未

歌蘋猶闋薦歲空綿小溪活潑遺清響大字標題識

古賢闡發幽光知有數欲將私意待皇天　南相天　號浴川

麗李蒼茫不記年短碑新屹倍悽然地名題壁仍從

沒自喜勳名可求綿豈有殘孫揚盛蹟莫非多士尚

前賢今來瞻拜蟫頭下感舊猶息孝悌天

後孫彥鐸

國之元老野高年乞退何時任浩然賜几遺詩光竹

史寫眞殊澤蔭瓜綿薦遵大議拘時制竪石新儀篤

表賢是日青襟咸敬謁潛光將啓覩青天

李亨徵

相國勳名動百年舊墟新閣后巍然祼儀未舉誠非

淺　邦戒當遵力豈綿賜杖殊恩徵盛烈餞行佳什

記羣賢顯情秖展碑前拜靈兩霏霏陟自天

相國騎箕間幾年悠悠往事尚依然遺芬舊日山川　李宗洙 號后山

在晟烈前朝歲月綿碑碣已成蛛表德蘋蘩猶闕奈

尊賢千秋公議知難沒崇奉他時必待天　南聖雲 號安窩

始看碑字尚知年相國風流此寂然勳業　六朝稱

籍籍名聲百代播綿綿士多父仰由公議　國有新

防未表賢美事何論時早晚文章顯晦亦關天　權灝 灝瀨

吾祖遺墟五百年幸看碑閣此巋然幾歎事業終湮

慕濈濈遺孫慶益綿薦茇將期垂永世竪碑何足表

前賢飛甍突兀巖之側下壓晴川上抻天　李迋爕

威容盛德已千年故里風烟尚愀然桑海蹟泯餘壁

拱藍田氣潤蔭仍綿虔祠縱碍　明時制墟召猶揚

曠世賢強恨一疴違盛席佳期孤負艶陽天

相國懸車未老年幾先心事自超然冽泉渫帶千秋　李德三 號一庵

號芳澤流傳一水綿畏壘直要矜後輩豐碑猶可識

前賢儒林此日高山想半逐玄雲入洞天

園林勝賞幾經年雲水如今事渺然一直名垂坊里　李後靖
在三朝勳業畫圖綿螭龜特表高陽宅車馬重礎太
傅賢荒草井前銀杏樹月明疎影冷然天　李象靖　號大山
相公墟里幾經年小閣新成倍愴然勳重六朝恩
賜卷福傳千派慶長綿虔祠縱闢幽光闡行路咸知
某也賢曠載餘懷輸敬謁只看南岳翠浮天　朴元規
相國乘箕幾百年至今徽躅尚依然崑崙盛德人爭

最茂福洪休後代綿建廟薦豆嗟父闕竪碑光宅亦

猶賢應知華表千年鶴笙韻時時隔九天

李山斗　號懶拙齋

尚記麗朝李葉年先生遺躅已茲然豐勳父著昇平

世餘慶方看子姓綿縟禮胡爲防　聖代墟碑不足

表尊賢青襟濟濟來瞻拜只祝　新章下九天

李起三　號栢峯

往蹟蒼茫不記年遺墟荒草久凄然兩朝勳業三重

貴一直風聲百世綿賜杖異恩優大老懸車高義邁

時賢盡閣豐碑旌舊里龍蛇輝映夕陽天

225

靖平公遺墟碑閣詩什 附

靖平公遺墟碑及碑閣功告訖一方章甫以歲之
春暮月定日齊到用伸瞻拜之誠甚盛事也占得
近體一律拜呈會中僉座下以寓曠感之意 戊辰三月
二十
八日

人代蓍茲幾歲年相公墟里感油然詩餘几杖芬猶
襲德裕孫支慶自綿可使勳名終求世胡為籩豆闕
崇賢今來敬拜遺碑下上有雲山翠接天

　　　　　　權　緻 號土軒

恬退曾先致仕年圖形賜杖豈徒然豐功大節當朝

即甲午冬十月既晦也
歲巳酉本庵重劊時後孫命大在左水營多給物力
使之增脩以寓感古之意云

庭左栢桑二公俱為外裔

外裔孫通仕卽前　惠陵奉事平原李光庭記

隆慶壬申　公之九代孫進士顯移安影幀于密陽

載藥寺安影庵龍蛇之亂弁與古蹟而遺失矣幸顧

此之存古老得以相傳焉

肅廟丙戌使浮屠世琼掇募緣重修上樑有書曰靖

平公影子所安之庵云

後孫致大以序記事以詩述懷其詩曰

孤庵千嶂裏眞影百年前人事還今古兵戈仍後先

居僧雲不住遺蹟月空懸天地留餘感秋風淚自然

能言退者而公知止遠引高蹈卬園及公歸而國家
始多難李牧隱詩所謂公在朝廷清公去閭兵腥者
可見其知機之神也及　玄陵遯亂不敢以老而退
致匪躬之節李樵隱所謂歲寒羣木凋松栢尚持久
主上喜其來等視商山叟者亦可以想見其高致
矣公二子俱大官二女之出為裴栢竹堂尚志金柔
村自粹母俱有忠孝大節致命遂志至今為人士之
稱式則又可見餘風之在後人矣公之後甚蕃凡貫
于一直者皆祖于公或微或徙居密陽者為大族節
度君亦其一也福之人士多外裔閭裴君栢竹之後光

亮本姓筍避高麗　顯宗諱賜姓孫買一直縣顯□
調胹得大臣軆年六十五退老于家　玄陵避紅寇
于福州公時年七十七尼旮暜皓首迎于道明年亂平
八觀于京　王嘉其忠盖親寫公眞賜几杖命公子
得壽得齡護公歸曰杖莫如子君且杖而歸矣善人
國之杖　玄陵不自杖公而使公之子杖歸公考造
德不克陟于國家公歸十六年卒于辛禑五年己未
壽九十三歷官遺蹟没于兵火無以考其詳而國史
既載其大者又有賜杖詩若序可以徵之矣公在朝
以忠恂蹇飭員大名及其位躋卿相當昇平之時無

光庭嘗倦遊南州與節度孫君命大相驩也君慨然
語吾孫本福之一直縣人鼻祖靖平公有大名于勝
國之世其貞忠直節冕有以垂耀旌後而顧至今家
寥也後君聞福之人士有爲靖平公議豆者以錢
一萬助其費事未就而君不幸乃者李君迁燮以裴
君行儉所記靖平公遺事一通授光庭曰靖平公姐
豆之議拘於　邦制未敢也謀就遺墟樹石以載遺
烈使後之來者知此爲靖平公故居也顧吾子之有
以張之光庭矍然謝非其人既而思節度君之語而
悲其志又自忝在外裔之末不敢終辭按　公諱洪

補遺

忠肅王後七年戊寅冬十月戊子朔以孫洪亮爲判
三司事 高麗史下并同

忠穆王四年戊子十二月丙寅遣僉議評理孫洪亮

密直副使金仁浩如元賀正

忠定王元年己丑以孫洪亮爲推誠保節佐理功臣

都僉議贊成事

忠定王二年庚寅九月癸丑以孫洪亮爲福州府院

君 是年五月乙亥以尹涉爲右副代言孫得壽爲左副代言

遺墟碑陰記

陀陽書院答屛山書院文　戊辰九月

伏以本院卽靖平孫先生桑村金先生妥靈之所而
金先生實爲孫先生之外孫今我柳先生亦爲孫先
生之外裔則合食一堂情禮兩盡孰不聳起而周章
哉云云

都有司　李　壎
齋有司　南鍾五
　　　　金彌東
製通　　金庚燦
　　　　李求癸

享無所因循時月尚闕縟儀抑有待於時而其爲吾
林之慨然者豈謂少也哉伏念陀陽書院即靖平孫
先生桑村金先生妥靈之所也孫先生之德業流芳
百代金先生之節義起懦千載於是乎建祠尸祝以
寓後學尊慕之誠則今此巴山先生之學問造詣實
無愧於并享一廟而況乎巴山翁與兩先生生并一
鄉又爲靖平之外裔則尸祝之所不於他而必於此
者亦似乎合故敢陳區區之見仰告於僉君子云云

都有司南範龜

齋有司金宗文　柳思睦

屏山書院遇陀陽書院文　戊辰九月

伏以恭惟我巴山柳先生天資醇靜地步遠大薰陶

講磨於同堂之內巴是輝映而早得依歸於　退陶

門下爲問治心行之要徹上徹下可以終身行之者

先生許之以功問近息獎之以學問精熟或願其靜

處相從又恨其不能同處以資其切磋之益如此不

可勝舉師門獎許有足徵信者若是其眞的其時同

門儕友之相與推重至有孔門顏氏之稱則亦可見

巴山翁造詣之一端矣夫如是則先生精詣之學力

踐之實足以興起斯文院享百世萬緣新設有禁追

者嘖嘖而距陀陽之社不過一舍之地其杖屨之餘
香風韻之留襲庶可以俯仰想像俎豆胖鏗之間
則聲起欽慕之心自不能已矣茲以齊聲發論同心
合辭呈于本府告于營門憂此裏足呼籲伏願行關
本道特助香燭旄茶享之日增餼儀物於旣成之所
云云　關內兩先生遺風餘芬令人激感香燭助需
旣有仁溪知川已倒自本官依此施行之意帖關知
委向事　　辛酉十一月二十六日關是置有亦關
內辨緣相考同陀陽里社香燭助需依例舉行宜當
向事

矣而祖孫一堂情禮兩盡其初設始建立之意不下
於永州之臨臯一蓋之烏山而萧其廟貌既舊儀式
未備尚在社侑之列未蒙官享之典嘻嘻以兩先生
德業節義言之不可與鄉先生歿而可祭於社者比
而同之而遷就未果因循迄今公議慨鬱昌有窮時
而秪緣桑村先生之遺意不欲襃揚於後求故子孫
不忍違士林亦不忍違于今四百餘年之久而若一
向泯默終始韜晦則竊恐千載之下先生之至孝純
忠將無發揮之曰矣是豈非大可慨然者乎噫目今
安東城南先生之遺墟宛然孝碑屹立過者必式見

佛而正直之風至今廉頑立懦逮我　朝受禪之後
以刑曹判書徵之先生乃歎曰爲人臣而國亡與亡
義也吾平生以忠孝自勵今若失身何面目見君父
於地下也遂以囟具隨之行至廣陵秋嶺遺命子孫
曰吾死於此宜葬於此因作絕命詞曰平生忠孝意
今日有誰知一死吾何恨九原應有期遂自決子孫
遵遺命葬秋嶺盖以圍隱墓亦在秋嶺故也先生忠
孝大節炳烺千古固不待後人之揄揚而惟此安東
爲先生故址一直爲先生之外鄉則是猶圍隱之扵
永州冶隱之扵一善也故士林之建祠崇奉厥惟久

我安東一直縣陀陽里社即靖平公孫先生諱洪亮
桑村金先生諱自粹兩賢妥靈之所也孫先生以麗
李名相歷事　五朝位躋三重而引年乞骸歸老于
家當時名賢與牧隱樵隱皆有贈詩而牧隱之詩曰
公在朝廷清公去聞其腥及　玄陵南狩之日迎拜
于馬首則　玄陵嘉之曰子誠一直之人也遂封直
城君為之寫其真錫其杖其沒也諡曰靖平而一直
為先生遺墟金先生以孫先生之外孫天性至孝毋
歿廬墓三年事間旋間先生又與圃隱牧隱諸公以
道義相善牧隱作字說以貽之及仕朝之日抗疏斥

倪桑村卽孫先生之外孫其里社亦近於先生杖屨
之遺墟則神理人情此爲較其仁溪則不但在遺墟
百里之外芝山爲　退陶之門架則世級相絕所處
各異此爲社而彼爲院未知有議者論以爲如何耳
此亦執中而不失其經權爲至當向事

辛酉十一月初一日到付

卽到付禮曹關內道內安東金庚燦等呈單內生等
生長嶺陜無所短長凡所以冠儒而服儒者莫非先
賢化育之澤也苟能有闡揚先輩之道尊尚前人之
地者豈敢嫌於煩瀆不患所以盡其誠補其情乎惟

生與芝山金先生弁享而至發陞院之議其尊賢好
德之誠心宜無遠邇彼此之別而蕭伏念陀陽固桑
村先生杖屨之所而祖孫並享允合於神人之理仁
溪則僻處一邑之窮峽在遺墟百里之外又況芝山
之於桑村世代之相遠猶莫如祖孫之并享則此為
社而彼為院亦豈無識者之商量乎茲與一鄉章甫
相率齊籲于閤下崇德右文之下伏願閤下俯察與
情然酌事理一以廣尊尚之風一以副多士之願
題曰桑村俎豆之所在於仁溪與芝山並享呈儀曹
至於陞院則公議雖如此一鄉兩院不免疊設之嫌

祠必就杖屨遺墟之地者不但爲後生景慕之自別
實爲先輩播馥之攸在則惟我一直縣陀陽里社卽
靖平公孫先生桑村金先生兩賢妥靈之所也兩先
生高風卓節昭載　國乘膽傳人口不必枚舉而惟
此陀陽一區乃是孫先生故里金先生亦以孫先生
之外孫遺躅餘芳九在於此土故一邑多士之立社
而幷享之者盖出於愈久不忘之意以兩先生德行
節義言之則不但可祭於社而已第其廟貌草草儀
式未備尚在社侑之列未陞院享之儀此誠一鄉之
欠事多士之慨鬱久矣迺者仁溪之社又以桑村先

二一二

位槐棘畢命桑梓前人之述備矣非但爲一鄉之大
老將爲一國之大老則不可與鄉先生沒而祭社者
比而同之況金先生忠孝大節直與鄰圉隱升義於
今古而爲先生之所自出則祖若孫之所存養者有
疋以想見於百世之下尚在社侑之例不備院享之
議者誠此鄉之欠事後世之闕文第此事體既重法
意有在營邑有不能自專則今此轉報云云恐未及
察族事體法意之間退與鄉黨士林博訪而廣議之
盡吾宗奉之誠宜當事
九月初八日儒生金庚燦入呈呈文曰伏以尊賢立

遺墟之傷以爲春秋報享之地復以桑村金先生實
是我孫先生之外孫其遺躅餘芳尤在於此土故特
爲弁享焉盖皆一方士林秉彝之所羹而但事力未
遑只補里社廟貌草翔儀式未備殊非所以尊賢尚
德之義士論之慨慷於茲久矣茲者公議之羹久而
益功竊欲陞里社之號以躋書院之名夫院之與社
初無爾殊而體面差有大小之別士之崇報雖無彼
此而事例略有隆殺之節士論已發公議已定而事
難擅便相率齊額伏乞、閣下俯察輿情論報譽門
陞社爲院以副一方士子之望　題曰孫先生之致

揆問本社主享配享官職姓諱位數及創建事蹟年
月即速修上云後數日地主傳語本社既是兩先
生配享之所則可以陞院尊奉當轉通于孫先生之
本孫與鄉中儒生趍郎上京且呈文于本府及監營
云云二十四日面中長老會大山書堂社長權襄及
本村龜湖諸長老皆會仍製呈文又捐簡急適于壽
城茶院本孫二十五日呈文儒生李宗璉南時會入
府呈文曰伏以惟我一直縣陀陽里社即靖平孫先
生桑村金先生兩賢妥靈之所也孫先生以麗朝名
相退老于家高風遺韻百世難諠鄉里後生立社於

王曰裁一直之人大亂甫平千里賀陳緒眞賜杖
綠野光坐公在朝淸公去兵腥公退于鄉備贋五福
左山右水鶵詠自適九十三年燁如仙鶴易著知幾
詩稱明哲孤忠遠識頑廉懦立千載遺響不隊如昨
可祭旌社公議久鬱一區桑榨杖屢留馥相地定方
像位儼然洋洋不昧陟降後先惠我光明欽我蠲虔

常享文

六朝謝事二疏澤厚流光尸祝遺墟

李光靖

耆喆

陀陽陞院時事蹟

辛酉八月十九日地主李庾運使禮吏私通于社中

公孫洪亮遺墟碑

碑陰小字　　左議政徐命均書

陀陽立享時事蹟　　生貞權紓書　號兩豈堂

奉安文　　李光靖　號少山

左惟我公資挺宏偉性賦恢曠濟物之志鎮俗之量

素彼廉謹朝著侃間一代名公　六朝元勳愛　君

雛坊軒晃非樂年至告老路歎車百不殆不辱二疏

同轍紅賊竊發　大駕南遷野服黃冠迎拜馬前

孫君通萬甫與孫君聖應甫以竪碑用覽金谷土地
之契券還屬士林以士林之寓慕經紀有紊故也金
上舍文甫與面中僉員鄭重商量而終不得辨盖
有感於本孫積累之誠與勞也而　先生之高風遺
韻亦可徵也畏壘尸祝之奉錐拘於　邦制而鄉賢
桑社之義寧無揭虔之道乎矧乎追遠尚德之誠不
以內外而有間則惟在諸君勉之

外裔永嘉權斗揆謹識

碑面大字

高麗佐理功臣三重大匡判三司事直城君謚靖平

壽考先圍牧諸賢以没身與名俱全詩云旣明且哲
以保其身又曰愷悌君子神明所勞公之謂也
輸忠竭誠奮武功臣大匡輔國崇祿大夫議政府
右議政兼領　經遊事監春秋館事豐原府院君
趙顯命記

孜族譜始祖諱幹於靖平公爲高祖而靖平公
當麗末其間四代恐不至五百年遺事及碑陰
始祖奉　羅王次一直之云恐有記傳之誤諱
幹一字姑不列如何 客陽本孫書
今按族譜孫諱幹爲公 高祖之文此亦未詳

上護軍直城君　贈諡靖平公公以令德崇勳爲
六朝元臣享大耋以終顧家藏文獻不傳其見於東
史者大略如此也公配陀陽郡夫人陽城李氏開城
尹梲之女生二男二女得壽密直代言得齡典書女
適興海君裴詮通禮門殿使金悟內外子孫多各賢
不可盡書也公之真佚於兵火獨公遺址在一邱松
洞者尚可指認也士林想慕公無窮將樹石以表之
鳴呼公告老歸十二年而有紅賊之變公沒十四年
而麗運訖公之進退存沒關國家治亂興亡盖可見
矣抑公年未至而退若有以見於幾先者而又能以

女

忠烈王丁亥公生于一畒里第幼儁頴長益雄
偉慨然有經世之志 忠宣朝登第歷事 忠肅
忠惠至 忠穆王時拜相公忠蓋盡節為政務寬大
得大臣體 忠定王辛卯致仕歸永嘉從山水之樂
時年六十餘 恭愍王壬寅紅巾亂作 王奔福州
公以野服迎於道 王嘉之甲辰公入都賀平亂
王喜手寫公真并几杖以賜命二子扶掖出端門皆
興 恩也及歸傾朝出餞一時名碩如牧隱樵隱諸
公為詩文以張大之辛禑五年己未七月公卒年九
十三官至推誠保節佐理功臣三重大匡判三司事

壽考貴茲丘壑繫公高退自祖典客清風峻節施及

自出一直之鄉水瀉山矗因名想德有膡遺馥刻此

巨石以識高躅

外裔孫通仕郎前　惠陵奉事李光庭撰

遺墟碑陰記

公諱洪亮福州陀陽縣人福州仝之安東府也本姓

荀始祖幹奉新羅　王次一直郡遂為一直人後避

高麗　顯宗諱賜姓孫氏曾祖世卿尚衣直長同正

祖衍典客令父滂閤門祗候　贈金紫光禄大夫門

下評理上護軍母安東曹氏審直殿使上護軍松之

陀郷郡夫人陽城李氏提學梃之女也二子伯密直
代言李典書二女爲裴栢竹堂尚志金桑村自粹之
毋夫人裴君栢竹之後節度君密直之後與戡難勳
贈兵部尚書銘曰
介介孫公　王國之特周旋　五朝一心奉職及其
年至歸老郷宅其宅云何福之一眞　王詢其名曰
汝同德紅冠陸梁　王幸于福黃髮鳩杖迎于道側
暨平大亂觀　王子闕燁如仙鶴來往翛倏　王卷
孤忠則加寵錫其罷伊何圖形手墨其錫伊何扶老
龍策送者傾城互筆聯軸始終令各孰盛與埒高朗

富貴無能言退者而公獨以盛滿爲戒及公歸而國
家始多難故李牧隱詩云公在朝廷清公去閭兵腥
而諸公詩若序文言公忠恂謇勅老而不懈主 上
視之如商山叟云古所謂鄉先生沒而可祭者其在
公歟眞卷序謂 玄陵所寫公眞鄉人立閣以尊之
而永嘉誌云在府之臨河寺異時尚左教有寺觀而
無院社世固已尊享公矣不知寺毀扵何代而眞亦
不復存可恨也公本姓荀遜 顯宗諱政賜孫顯者
累世曾祖世卿尚衣直長祖衍以中顯大夫典客令
致仕父滂閣門秖候母夫人密直副使曹松之女妻

出錐不敢以孤陋辭而實無以詳公平坐者然國史

既載公賜杖官卒而一時名公賀賜杖詩序及醉琴

軒朴公眞卷序亦可以徵其一二矣　玄陵之幸福

州適公退休之十一年公不以老怠執驪靮而迎于

道　玄陵喜曰子誠一直之人也明年　王還都公

入賀　王益賢之爲手寫公眞以賜之及歸錫之以

龍頭之杖顧公子得壽得齡等曰杖莫如子卿且杖

而歸矣其罷癃如此然善人國之杖也　玄陵不自

杖公而使公之子杖歸公耆造德不克降于國家公

優游田里凡二十九年方公之歸公卿大夫皆醊巹

明且哲以保其身公實有焉公以辛禍五年己未卒
壽九十三距今癸亥爲三百六十五年孫氏之貫一
直者皆祖于公然世代遠散處他縣獨有遺址在一
直松洞士大夫之環居于側者猶尚公風儀一府章
甫嘗議俎豆事後孫節度使命大間之以錢一萬助
其費事拘於　邦制未果就而節度君己不幸　鄉
之外裔及鄰比之士相與謀樹一石載公遺事雖無
香火祠而其傳於求世益可保於是李君迁燮以諸
公之意袖裴君行儉所錄靖平公遺事來索銘於光
庭光庭亦忝在外裔之一而年歲久其家傳行狀不

惟爾有神寔主于茲毋動母疑錫我群休

李宗洙 號后山

高麗判三司致仕孫靖平公遺墟碑銘

故判三司致仕賜諡靖平公孫公洪亮故居在今安
東府治一直縣公高麗人也仕 忠宣 忠肅 忠
惠三朝清忠謇諤有諍臣風及相 忠穆 忠定二
君維匡調肺得大臣體 忠定未年公年六十五致
事乞骸骨而歸以令各終易曰知幾其神乎詩曰既

家閒尚古井洌不政公氣在天公神斯懟十月之中
十九癸巳載闢載度載築載樹載謀立室永言厥居

見外系圖

用心亦嘉矣有孫如是靖平公可謂不朽矣朴彭年

序

遺墟碑事蹟

開基告由文

天地儲靈河流山峙厥有奇奧以時顯松扉闕于時

式考運氣往在麗朝篤生靖平維忠維勤協輔五王

年未謝事貴兹卬堅文几神杖於焉遊適遺芳不歇

草木咸色迺營一宮以奠俎爵有命自天時義則然

爰有異石丹山之巔高文大筆輝映一方迺瞻兹區

其地邃敞前案逶迤古有陀陽亦越書舍冠襟濟濟

鄉人立閣以尊之獨其詩不傳余忝史氏親覩吾祖
之名於史館其受几杖也猶書于策其歌詠之詩猶
藏于家而惟寫眞詩不傳寧無憾歟今將求詠於文
苑以爲子孫寶子其爲叙之余聞靖平公在高麗歷
事　五朝致位台輔旣賜其杖以禮之又肖其形以
寵之其爲人可知已古之帝王圖畫其臣者簡策聯
書武丁之傅說漢之凌烟麒麟唐之十八學士寵則
寵矣未聞其君手自親其揮灑也古今人不相及信
教今子乃能世濟其美捷嵬科登膴仕珥筆柔驖華
聞大播又欲顯揚祖先之美奮肆婀婳播之歌頌其

敬老慈幼周家所以積德累仁苟能如此則靡不大

焉以孫老之遇卜吾家具時之業孰爲不可裁

中顯大夫典校令藝文舘直提學知製敎朝鮮李

進修跋

真卷序

上卽位之二十六年秋吾同年一直孫公犀瑞謂余

曰吾高祖靖平公諱洪亮在勝國　恭愍十三年甲

辰年七十八　恭愍禮貌之賜几杖于時樵隱牧隱

諸先生賦詩以賀薦紳相繼而和總若干首　恭愍

又嘗手寫其眞時人榮之爭相歌詠其眞在安東府

十三

賜杖銘

惟杖之奇吾 上之賜惟杖之徵吾相之瑞 上以
柱公公以柱國左戲斯杖其義不忒
奉善大夫典校副令知製教金齊閣拜手敬銘
一直孫氏世家求嘉積善毓慶公遂大于朝載仕載
己歷事 六主而忠恂謇筋益見不懈 上謂予嘉
曰篤不忘待以國老援杖賜之盤根錯節雲龍起伏
天坐卓異人物相得爰有薦紳大手譁然賦詩以慶
噫西伯善眷老天下之老歸之君子曰天下之父歸
之其子焉往是亦文王所以為父而吾 君以之知

一有形如此世未窺乃知元氣蓄林野培養一壼成

魁奇風雷相磨絲骨瘦頭角彷彿雲中蝸鳥雀驚駭

勤爭避鬼神秘藏人莫知壼公來見手自斫自不能

有獻丹墀獻丹墀日已久　上欲賜人無其老孫侯

昔隱東山東晦跡不識人間道年當八旬朝　至尊

鬢鬚如雪緇衣妍玉漏聲絕金門開步迎如見綺與

皓予嘉乃德賜其杖壯氣益增滿懷抱攜歸步步光

罷新妝若乘風泛三島請公愼勿投葛陂傳子傳孫

永爲寶

奉常大夫典校副令康好文　字子野號梅溪官判典校寺司寓居潯陽

惜不得惜不得持爾行翔雲願獻青筆庭至尊含

笑對清絕玉嬪真宰俱盈盈南極老人扣金闕顏渥

丹砂髮垂雪慇懃拜舞向瑤宸神采怡然意歡悅

至尊以杖賜老人老人得之筋骨新出入扶襄感殊

罷願言　聖壽三千春斯須仙返夢亦回瀟天明月

西風來

征東行中書省左右司員外即奉常大夫禮儀揔

即北庭偰長壽（字天民號芸齋父遜元季避兵東來封富原君長壽登算官判三司）

事賜貫　鶏休

舊聞桃竹生蜀江又聞赤藤生滇池古來夫杖固非

身八葛天逃物役家居蓬島息塵機豈知雲雨屢翻

覆自與乾坤無是非留客樽前盈湛露祝　君香篆

照清暉緇衣尚慮又改做鑾帶亦遭三黜譏此杖實

是千載寶定應青史爛光輝

中正右司諫大夫進賢館提學知製教卓光茂〈字號　光州人　擢高筭官諫議〉

滄溟負大夢不復揚波瀾瀰漫九萬里中有蓬萊山

蓬萊之山高淨嶸層密疊嶂相縱橫雲霞縹緲中飛

騰上巢萬歲之玄鶴下生千歲之菁藤蒼藤形容冠

古昔查牙儼是蛟龍脊神公致此心猶驚把玩移時

264

達尊世上縱多門屈指賢侯獨出羣調鼎鹽梅眞宰
輔盈庭蘭玉貴兒孫孔光靈壽人皆說于謹延年家
亦聞千載如今那有此堪嘉盛代別承　恩

奉順大夫判典校寺事寶文閣提學知製教密陽

朴中美

明公歷仕五　王代功大早知君子幾松栢故山開
綠野桑榆晚景謁金扉臨軒不以尋常待前席那容
咫尺違謇謇始終能有幾旛旛八十古來稀平生已
厭富且貴　上賜未宜輕與肥敬老故將靈壽援拜
恩還向永嘉歸信扶剩得高人趣開倚時看倦鳥飛

泣伯俞此物託身眞得所肯息雷雨躍天衢

奉翊大夫前軍簿判書進賢舘提學廉興邦

吾鄉古求嘉風氣好山水往往出異材繼繼多膴士

是以吾先君頃與菊齋起繼者孫三司何間德爵巋

遇　上乃見重罷賜過前羙異質自天戚挺然脫天

理定知有守護久以待扶倚持此還故鄉父老皆敬

止喜氣塞太白聲名動青史誰能繼餘風永配古君

子

正順大夫密直司右副代言右文舘提學知製教

知禮義司事醴泉權仲和

斯世人流豈等夷百無一人如古人巧言令色汨聲

利庶或得志無所遯世骸名新偉裁我公立斯世行

止氣節誠出倫君臣大義不可紊身隆絲野心蘂宸

自永嘉來謁　玉色敬老尚德樂溪仁龍髯戴天忿

報　聖神好頼彼相曼享三萬六千日望看東國重

八手左右竦眄傳縉紳公知罷渥童如此訓子訓孫

典辰

奉翊大夫典法判書昌寧成士達

八旬千里赴　王都懲闕忠心老不渝豈待蒲輪事

安逸故將鳩杖答勤劬威行鄉不見頃壞恩篤寡無

徒然必有以永世相傳矢不諼顛沛造次必於是

奉翊大夫密直提學右文館大提學同知春秋館

事上護軍鷄林李達衷　字號霽亭慶州人登第累官成均祭酒恭愍

朝以名儒擢密直提學封鷄林君謚文靖

人生八十古來難蒲柳焉能閱歲寒福善固知仁者

壽乞歸會得處之安　聖恩仍賜延年杖仙術何求

卻老丹鄉飲多應出斯世長生曲裏想爲歡

奉翊大夫密直提學進賢館大提學同知春秋館

事上護軍楸城田祿生　字孟耕號野隱潭陽人登第官政堂文學門下評理

辛禑初請誅李仁任杖流道卒

端誠輔理功臣奉翊大夫簽書密直事藝文館大

提學同知春秋館事上護軍提點雲館事韓山李

穡 守潁叔號牧隱韓山人穀子擢魁科又中元朝廷試第二授翰林恭愍朝累官至門下侍中掌文翰二十年封韓山君諡文靖

鳩杖扶衰具吾　君錫老臣提攜還有賴出入可爲

珍絲野恩光溢丹墀罷命新美談喧內外稱賀幾多

人

重大匡鐵原君崔孟孫

用則行舍則藏惟我與爾危不持顛不扶焉能用彼

此前脩之杖銘余渼味乎厥旨吾　王之錫我公豈

中官傳旨納大庭秀色照耀階前賞　上方尚老稽

古經公之適至誰使令公事　五朝位鼎衡車懸綬

野苔生鈴憲主心功趨疏屏　上曰老人南極星少

少陳力扶昌靈報功崇德余心寧公言臣功無寸筵

倪仰拜賜臣顏頹（頹恐頹上聲）余曾珥筆沈香亭請爲你

歌公試聽杖之生也萬堅寸地千林一莖爾柯爲乎

遷　聖明咸事將同鍾鼎銘公今倚杖如五丁惟公

昔在朝廷清公去十載間兵腥即今者舊歌太平公

胡歸去太白之山扃君臣終始貴相成稽首祝　君

千萬齡

事

李仁復〔字克禮，號樵隱，京山人。登第，中元朝製科。恭愍奏授征東中書省左右司郎中。忭辛肫罷，封興安君。尋判三司，諡文忠。〕

丹心白髮觀天闕，賜杖光榮古所稀。盡遣士林歌碩
德手扶還向故鄉歸。

後之

重大匡日城君鄭思道〔十九登第，擢代言，進知申事，封日城君。延日人，襲明。〕

神仙之山雲冥冥，松脂成堆生茯苓，陰崖石罅一寸
青，歲久亦作蛟龍形，勢頑氣縮爭風霆，天公用意尺
度盈細綫，一握高過顚〔顚恐頯，韻書作頃〕，扣之如鋏聲鎗鎗。
世間豈無渥洼龍種飛雲汀，不如平地佩玉鳴玎玲。

寶序

字和父號淡庵欓山人官至典理判
書政堂文學封欓山君諡忠簡

詩

遂爵人所尊匪德孰能有惻公旣有之進退亦無苟

歲寒羣木彫松栢尚持久　主上喜其來等視商山

雙臨軒賜以杖禮重意彌厚寵在楊彪先恩居孔光

右攜持歸故鄉賀者爲奔走行當扣原人豈特扶襄

朽晨昏宼念茲報稱安可後應歌天保詩上祝　聖

人壽

宣授奉議大夫征東行中書省左右司郎中端誠

佐理功臣三重大匡興安府院君判藝文春秋館

歲甲辰仲冬公復如京謁　上時年七十八而無痀

僂氣　上嘉之賜杖其杖天生龍頭然　上顧見其

子得壽得齡筌曰子能從我乎公曰惟命　上曰子

勝扶杖君且杖而去可也其敬老者是焉一日憤亭

權侯來謂余曰如孫老之賜杖不可無詩大夫士既

皆唱之子盍序焉余曰朝之卿士年八十者皆可以

賜杖而　上獨及孫老者以孫老之退有可嘉者而

又自遠來其忠勤老而無已宜哿　君之答其心以

與其杖又以翼其子勞其來而保其去是可書也已

至正二十五年仲冬有日重大匡稑山君淡庵白文

金守溫 見外齋圖

觀風樓記

僕四世祖判三司事孫公洪
亮以正一品退居是府 恭愍王賜几杖以罷之

賜杖判三司事孫公詩序

判三司事孫公祐至正十一年辛卯以年老退歸其
鄉鄉是永嘉號山水窟故賢士傑人往往生其間如
判三司公雄偉寬大歷仕 宣肅二代惟謹而遇
明聰兩陵大拜而其居室之安子孫之盛足以享其
富貴矣逌翛然去而之鄉焉適 國家多難士大夫
不能安其居者滔滔皆是而公獨怡然得山水之樂
況值紅賊之播越駕至永嘉公謁於道 上慰諭之

公論之攸同而亦知夫風勵之在茲歟

上之十五年巳未月日外十三代孫曲江裴行儉書

恭愍王十三年甲辰十一月賜前判三司事孫洪亮

几杖 史 高麗

辛禑五年巳未秋七月判三司事孫洪亮卒諡靖平

麗史提綱

孫洪亮一直縣人也累官至判三司事　恭愍王親

寫真賜之今至嶪府之臨河寺子得壽官至代言 地輿

勝覽安東府下同○家陳公九代孫進士題移真于

密陽之安影庵失於壬辰之亂庵子重翔時得綵閣

粉字云靖平公

影幀安留之所

之外孫而忠孝大節彪炳於世亦豈非有得於外
氏忠直之風歟以是知公出處進退之義家傳忠
孝之教有餘裕矣昔韓文公送楊少尹序引二疏
之事以證之且曰古之所謂鄉先生沒而可祭之
於社者其在斯人歟公之引退與二疏無異而忠
塞勳勞又非楊侯之所及矣蘇子容趙閱道為宋
朝名相而宋夫子立祠于所居之地以之風勵一
方公之德業忠直無讓左蘇趙則至于今泯泯者
豈世無尚德之君子而然歟今距公之世三百六
十一年縣中士人之景慕愈火而箋溪可見秉彝

李穡隱牧隱露亭數十人為詩若序以美之至今
照人耳目赫赫若前日事東國通鑑特書其賜杖
之事麗史提綱又書其卒年而其官爵及謚其見
重於史氏亦可見矣當麗季多難之際仕宦者鮮
能保其身亦有貪官樂勢以貽鐘鳴漏盡之譏而
公則周旋其間積其勳勞泊於勢利勇於廉退歸
臥故山優遊終老古所謂大雅明哲之君子歟
玄陵之南也公在懸車之年而奔走勤王又進賀
於平亂之後古之憂國忘身夷險一節者歟公之
二子及諸孫以文行顯若金桑村裴栢竹堂即公

乘失於兵火不傳歷貫行蹟無由得其詳而猶幸
賜杖詩著序及醉琴軒眞卷序僅存於劫灰之餘
考諸東史公之仕始於　德陵旣而八相於　明
聰兩朝以忠恂謇勅聞公之子壻內外諸孫列
于朝者多至十數人其榮顯一時無比公以咸淑
爲戒引年而退至正壬寅冬　玄陵播越子福公
卽馳謁於中途　王慰諭之　王還都之越明年
甲辰冬公復至松京進謁　王嘉其忠而憫其老
親爲之寫其眞又侈賜杖之典命二子扶公而還
其尊敬之禮冠于百僚朝之名士大夫若白淡庵

尹洪益壽次適即長金瑞麟公之內外子孫登仕籍
者十數人而多以文章節義顯於世曾玄孫累百餘
人公之後裔世居本府者甚多散居密陽者最蕃衍
世多有顯達者白淡庵文寶所謂積善毓慶果不誣
矣公之行狀及墓銘藏于本孫家為醫攸所災公之
感德清節湮沒不傳豈非後人之慨惜者乎謹撮其
大略如右

靖平公歷事　六朝位至三司年未滿七旬而致
仕壽至九十三而考終其忠勤之勞靜退之風為
當時士大夫矜式而後世之所可法者也惜其家

理與海君次適金悟通禮門副使代言生四男六女
男長求裕典書次雄毅郡事次元裕次仁裕女長適
金鼎侯次適縣監柳巖次適金輔次適李德培次適
典書權久均次適縣監柳溫典書生三男二女男長
順伯監務次順仲經歷次順季庫使女長適閔仲孫
次適朴逢吉評理生四男四女男長尚度直提學次
尚敬次尚志蔭仕判司僕寺事次尚恭典書女長適
金用輝次適李義和次適余仲淹次適康錫福副使
生二男四女男長自貞典書次自粹忠清道都觀察
使女長適左尹朴天錫次適右賛成金宗敬次適左

焉〔山在府西七里許〕

公退居二十九年以令德終焉辛禑五年己未秋七

月也享年九十三官至推誠保節佐理功臣三重大

匡判三司事上護軍封直城君 贈諡靖平公

公以厚德重望歷事 六朝勳勞之積可以銘彝鼎

廉退之節足以勵頑貪備膺五福壽近百歲麗朝五

百年登宰輔而全德巭者惟公一人而已

公之配陀鄉郡夫人陽城李氏奉翊大夫開城尹藝

文館大提學封陽城君樲之女生二男二女男長得

壽官至密直代言次得齡官至典書女長適裴詮 評

誠一直之人大加慰諭焉蓋嘉公之忠直純誠終始
如一故也越明年癸卯 王還舊都甲辰冬公至松
京進賀其平亂 王益喜公之忠誠老而弥篤親寫
公眞以賜之聘人榮之爭相歌詠又錫之以杖而罷
嘉之顧其二子得壽得齡等曰子能從我乎又謂公
曰子勝於杖君且杖而去可也仍命二子翼公而出
恩禮眷渥在百僚上實千載之異數也於是名公鉅
卿夏相獻賀爲詩若序以爲一時盛事及其歸也送
者傾朝道邊觀者咸歎慕其賢補踈傅後一人
其後鄉人奉公眞藏于安東府臨河山火閣以尊慕

忠宣王朝始筮仕歷事 忠肅 忠惠隨事規諫有
古直臣之風至 忠穆 忠定遂大拜為兩朝元老
協贊輔理務尚寬大得大臣體 忠定末年辛卯
公以年老致仕而歸時年六十五歲 公性忠恂廉
謹恬於勢利素愛求嘉山水之勝自退老之後徜徉
於泉石之間遇佳辰令節則邀鄉耆里彥觴詠以娛
翛然有出塵之想人望之若神仙然 公自是不復
嬰情於世而常抱江湖之憂未嘗一日而忘國焉
至正壬寅 公年七十六歲是年冬 恭愍王避紅
巾亂播越于福州 公迎拜於駕前 王見公喜曰子

公諱洪亮（初諱洪庇）福州之陀陽縣人也本姓荀始祖諱
幹奉新羅王次一直郡始隸姓貫于一直後避高麗
顯宗諱賜姓孫氏曾祖諱世卿尚衣直長同正祖
諱衍中顯大夫典客令致仕父諱滂（初諱閤門祗候）
贈金紫光祿大夫門下評理上護軍毋安東曹氏
追封奉翊大夫密直副使上護軍諱松之女
忠烈王丁亥（元世祖至元二十四年）公生于一直縣里第公幼
而鳥頴異凡兒及長姿相雄偉器局峻整而襟度恢
曠已有濟物鎮俗之量

靖平公外裔圖

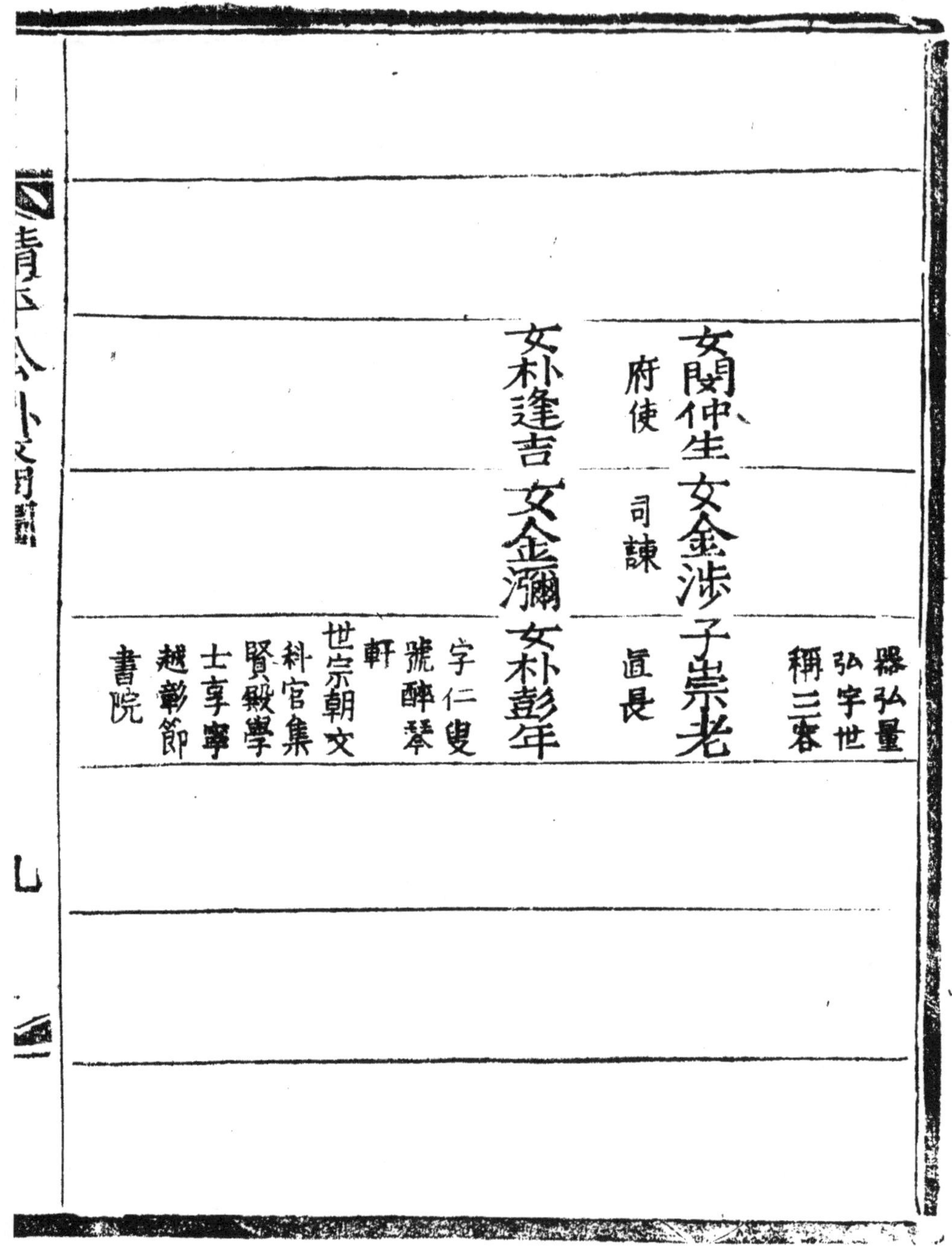

女閔仲生　女金涉　子崇老
府使　司諫　直長
器弘量　弘宇世　稱三容

女朴逢吉　女金瀾　女朴彭年
字仁叟　號醉琴軒　世宗朝文科官集賢殿學士享寧越彰節書院

女朴紹宗
司直
子訥
察訪
子亘鱗
中廟朝文科　弟亨鱗鵬鱗洪鱗縱鱗皆文科

女柳溫
縣監
子孝明
縣監

女鄭抱
縣監

得齡

女李恬子
光州人　判官　進士四代孫弘
林子根生

譜判官

司正　瑀

典翰　璸

府使　以順
女蔡壽　子胤權　子無逸
文科官　大司憲　仁川君　謚襄靖　號頹齋
泰奉
文科判書　紹權
文科獻納　號休　岩

女權允均　典書

子恢　府使

子有順　使　作自牧　有一譜

子琳　進士縣監

子敏手　官大司憲　贈吏曹判書號退齋

子繢　判書號岐亭

達手子紹　府使

文科校理燕山甲子被禍贈承旨號桐溪

介壽　後諱价　手從舊

子得壽　女金閃　侠子思讓

侍中　忠信

縣監　女柳嶷子宗植　少尹　子文通　校理　子仁龜　參知

府使　陽植

左尹　女金輔　縣監　女宋俱

司宰令　女李德培

女金宗敬
右賛成
永同人
子訓
子守溫
官大提學領中樞末山君號垂匡文章輿佔畢齋弁稱

左尹
女洪益壽
左尹

女金瑞麟
少監
女金務
贈司僕正
子崇之
卽將
正

贈左贊成　僑

成

女　權厚子啟經子珌　號松岩　孫好文　司直曾　子玠
鷹揚衛領中即　縣監

副護軍贈判　書　琨子士彬子樧　生貞
贈判

官右贊成贈　左議政　諡忠定　號冲齋

女朴天錫子壎

萱
護軍
薫子世弼
僉正
文科官
吏曹佐
判己卯
救趙静
庵南袞
彈訊鞫
被竄虓
十清軒

女權摩子伸
贈吏曹司直
判書

外六代孫蘂湖洲裕後撰墓碣附享陀陽

府使

判官
信

僉知中樞府事
任

少尹
永湑

知中樞府事諡恭平
永濡
子萍 奉事
蕡

縣監

女康錫福　子謹　護軍

女金悟　子自貞　通禮門典書　副使

自粹　官都觀察使號桑村
子根　少尹
子永泽　判官　本朝　太宗朝除刑曺判書至廣陵仰藥

求源　佐郎
子偕　府使
倆

女金用輝

女李義和　子玩　縣監

女佘仲淹　子德潤　正郎

福潤　正郎

女安九叙

女洪瓷誠　右議政

庵成龍
官領議
政豐原
府院君
謚文忠

公權
文科持
平子景
漆文科
參判號
龜村

公季
桑奉子
仲淹號
巴山附
享陀陽

尚恭子　秦子繼宗

書

文科典　文科正　縣監

即

孫滇翼　文科官　觀察使
七代孫　東標文　科官承
肖　號傾隱

女權雍　郡守
女柳沼　護軍
子子溫　進士
子公綽

郡守子　仲郢文　科官觀
察使孫　雲龍牧　使號謙

女朴緇

女李塤　生貞　贈左贊成

子瀅　文科官　大司憲　號溫溪

女李堨　文科官　戶曹叅判　號松齋　六代

滉　退溪先生　諡文純

女李繼亘　子時敏　子宗準
官大司憲　生員
文科監察
杠
文科正郎

號慵齋
能文章
善書畫
文科燕山戊午
以校理
謫北界
竟搆殺
享鏡光

弘準

安東號
栢竹堂
以子桓貴贈
判享鏡
兵曹參
光書院
士林疏請贈
兵曹判書

六代孫
龍吉文
科翰林

女權玠
司正

桓
文科觀察使
子孝從

楠

孝訥

孝魯

孝崇
文科府使

靖平公外裔圖

靖平公女裴詮子尚履子屯子處訥子亨

裴詮　三重大匡評理事與海君
尚履　文科直提學
屯　文科僉議
處訥　郡守
止訥　直長

尚志子權子孝長
蔭判司　本朝生　錄事五
僕寺事　貞司憲　代孫三
高麗末　府特平　益文科
棄官歸　觀察使

靖平公世系圖

述祖		
聲遠		承遠
亮采	亮佑	亮緒 號竹匡 有遺稿
庠憲	章憲 武科通政大夫僉知中樞府事	萬憲 號何叟 有遺稿
基政 主事	基壽 武科司勇	基東 武科　基直　基昌

甲求

錫達

亮肅〔通德即號草廬〕〔武科嘉義大夫行兵使〕　　亮七〔通德即有〕〔孝行〕　亮直

環憲〔武科通政大夫行郡守〕　　斌憲　瑨憲　珌憲　迁憲

基邵　基益　基鼎〔主事〕　基重　基普　基善　基仁　基夏　基殷

參判

亮錫　武科嘉善大夫行兵使

亮述

珪憲　武科通政大夫行僉使

瑢憲　蔭嘉善大夫行郡守

璵憲

基賢

基祿

基馥　武科通政大夫行郡守

基憲　蔭通政大夫中樞院議官

基達

世代	人物（右→左、注記は〔　〕内）
二十四世	敬民　敬仁　胄永〔通政大夫 左承旨〕
二十五世	輝遠　振遠　海遠〔武科通政大夫 官縣監 營將〕　綏遠〔武科嘉善大夫兵曹〕
二十六世	亮孝〔號栢友堂〕　亮赫　亮運　亮碑〔武科〕　亮肇〔通德卽有 文行〕
二十七世	承憲　東憲〔武科〕　光憲〔通德卽〕
二十八世	基晉　基福　基學〔主事〕

必榮

得大　　　　鎮範
有孫翰遠
武科通政
大夫議官
頁龍

鎮濱
有子祉永
孫鳳遠子
達永孫彩
達鼎達
泰龍

鎮起
有孫達遠
文科校理
次曾孫亮
模議官
現龍

億大　　　鎮雲　　蒼龍

以謙	好謙〔有孝友文學〕							
必萬	必千	必元						
基大	繼大	遠大	顯大	述大				
鎮敬	鎮宅	鎮稷	鎮觀	鎮瑞	鎮衡	鎮孝	鎮疆	
仁龍	命龍	健龍〔有子佑末〕	時龍	夏龍	普龍	喆龍	采龍	國龍

運大
武科嘉善
大夫同知

鎮廣

鎮的

正龍　有子述祖
錫龍
官龍
駟龍　有孫泓遠
參奉
篦龍
升龍
三龍
洪龍

判書

僉判戊申
勘亂勳一
等
英廟朝特賜
眞影

使

鎭邦

使有子冑
求

起龍
有子崇求
武科壬申
勘亂勳一
等兵曹參
判

翼龍
武科通訓
大夫行府
使有子甲
求壬求

遇龍
有子致求

夏謙　有文行

必熙　　必火

周大　　晟大　　俊大

鎮祐　　鎮澤　　鎮八　　鎮東

元龍　有子敬仁敬義

姬龍　有曾孫亮哲武科副司勇

尚謙　嘉善大夫戶曹叅判

必億　武科資憲大夫兵曹

命大　武科嘉善大夫兵曹

鎮民　武科嘉義大夫行兵

相龍　武科嘉善大夫行兵

智謙　有孝行被道薦

必亮

任大　　　　　載大

鎮厚　　　　　鎮福

有龍　有子敬弱　　　德龍
有子繼末孫觀遠武科以江華軍功特除宣傳訓錬院僉正
　　　　　　　　有子敬祖敬奭敬祖曾孫成憲武科通政大夫虞候敬奭子和遠有孝行號忍窩

號竹窩有
遺稿

號竹西齋
菰杏潭折
衡將軍僉
知

以孝行楣
有遺稿

知

有子敬民

秀大
武科通政
六夫行府
使

鎮南

達龍
有曾孫亮
建武科委
負

彩龍
見龍
舜龍
碩龍

義謙
案誃

必道

一大

鎮坤
鎮興
鎮翼

有子達永

個

世	本系	支系
十九世	仁謙	
二十世	必相	夢禎　夢駧　夢莢
二十一世	致大	榮男　浩男　俊男／顯男　俊龍
二十二世	鎭泰	奉曾　昌壽（嘉善大夫　戶曹參判）
二十三世	在龍	汝煥　邦賓（同知有六代孫錫基監役七代孫鳳源主事）

叔仝	求翰							億
澤	崇曾（生員）	希魯						夢瑞
景祐	景禧	景裕	忱（進士）	忻	協	怃	信男	美男
	盡孝（工曹參議）							應曾
								汝孝

義仝　龜　遜（部將）

彧　鑑　春壽（宣教郎）　漢雲　霖雲

淑　弘道　宗道　鳳山

處慎　萬曆除奉　事生貞文　科縣監號　西澗

千一（嘉善大夫　同知）

湜（武科）

青邱公世系圖

316

德雲　起雲

迥　迪　暹（中文科未唱榜卒）　選（察訪）　避（文科官縣監丁卯鄉入推義將號聞灘享）

處溫　處毅　處恪（通政大夫戶曹參議號警廬、）

瀛　潭　湍（生貢文科官縣令高年陞護軍號拙庵）

處約

進士號五
梅亭遊寨
岡門有遺
稿

況

有子命胄
孫億壽

有子英胄
光胄弘胄
通政大夫
掌樂院正
有孫楚臣
楚璘楚璞
過政大夫
戶曹參議
楚珩

世經
絲奉自嵩陽移居大卯壽城

致雲
孝行薦除縣監

末雲

顗
進士

誼復
進士

號竹溪被
道薦

遂

有慶
進上

誼博

統

處訥
號慕堂隱居教授享青湖院

添
有子敬宗
孫楚弼

潛

生貞

即　生貞將仕

慕齋　進士號永

諡命　號肯構亭　有遺稿

紀　宣務郎寮　訪有子仁　謙義謙禮　謙智謙

繪　有子夏謙

諡訥　資憲大夫　知中樞府　事

緝　過攸大夫　左承肯有　子尚謙以　謙好謙悌　謙忠謙

綽

	(오른쪽→왼쪽)
十四世 · 世紀	順伯（監務）, 順仲（經歷）, 順季（長興庫使）
十五世 · 祥雲	茂, 芷, 有基（郡守）, 種, 稑, 慶延（奉禮）
十六世 · 顥	孝生, 裔, 榮祖（直長）
十七世 · 諟一	強（海領卽將）, 承胤（主簿）
十八世	壽貞（修義副尉／有子求翰）, 宗吉（泰奉有子／億側）

判事一直
君
仁裕　知印敬貞

致

番　僉知

孝宗

孟和　仲和　以和　季和　自平

引之　有子義仝　叔仝

承孫　有子元澮

三

雄毅 郡事　　　　　　　　　　　　　　　　元裕

熙 萬戶　　　　　　　　　　　義　　信

福亨　　　　　　福興 參奉　　處明　處仝

嗣元　　　　嗣利　碩崇

好仁 有子龜　　好禮　萬昌 有子斗實 孫連福

永裕
嘉普大夫檢校漢城尹

寬
縣監自一直移居密陽從外鄉　禹
晨

肇瑞
生貞文科官集賢殿翰林戶曹叅議號格齋享青湖院初號勉齋
肇祥
仲昌
漢卿

胤河
即將廣典倉丞
胤漢
孝祖
生貞號敬堂佔儔齋門徒

筍茂
主簿有子世紀世經
筍或
叅奉有子世弼遂
筍桂
雲澍

九世　震（府使）

十世
同正應平
女

十一世
禄大夫門
下評理上
護軍配安
東曹氏追
封奉翊大
夫密直副
使上護軍
松女生子
洪亮洪桂
參議洪祐
侍中

十二世
三重大匡
判三司事
直城君諡
靖平公史
福州府院
君享陀陽
書院

十三世
子震永裕
雄裕元裕
仁裕義裕
得齡
奉翊大夫
典工判書
進賢舘大
提學有四
子順伯順
仲順叔順
李

靖平公世系圖

謹按家譜，諱凝至諱有隣，世代未詳，諱世卿始起一世。此圖首起一世未安，茲去三世世，繼其四世，以下仍存，竊不敢改之意焉。

凝 本姓荀，高麗顯宗己巳，以御嫌名賜姓孫

幹 縣令

有鄰 尚乘副，內承旨

四世（家譜作一世）**世卿** 尚衣直長同正

五世 衍 中顯大夫，典客令致仕，配安東金氏，即將

六世 滂 初諱犯一，譜作紀闓，門祗俠，贈金紫光

七世 洪亮 初諱仁庇，又諱洪庇，推誠保節，佐理功臣

八世 得壽 正順大夫，客直司左，代言知三，司事有六

老節亦可旅此而得其大略云爾歲辛丑仲秋下澣

通政大夫禮曹叅議韓山李象靖序

颾之外吾祖牧隱贈以詩曰公在朝廷淸公去聞兵
腥是則公之去也豈獨以年至裁求諸簡策直與二
疏同其傳巨源固不論也方　玄陵南狩迎拜于馬
首及其反御而亟修奔慰之禮　玄陵嘉歎親寫其
影錫杖以侈其歸是又二疏之所未有也詎不偉矣
裁一直人士與其裔孫息有以俎豆於畏壘而顧尼
於　邦制則樹碑以表其遺墟因采輯麗史邑誌贓
章與夫曲江裴公所著遺事及諸公所爲碑銘合成
一冊粗以見公之始終而立朝言議歷歷勳業無得
以詳焉是爲可慨已然其謝事高退之風儉德辟難

昌黎韓氏以序送楊司業巨源而引二疏事較其車
馬之衆寡盡詩之有無是未足以滾知二疏之心事
也二疏之言曰知足不辱知止不殆不去懼有後悔
是見太子之憤憤而先幾色舉以避他日蕭傅之禍
彼巨源特年老引退以自樂於晚景耳豈二疏之匹
哉高麗靖平孫公以　五朝元老協贊廟謨蹟三重
佐理之勳而引年丐疏歸老於一直山水未幾而紅
巾之亂作　五廟蒙塵鑾輿播越在迁諸臣方且疲
於羈靮之勞而公以幅巾藜杖婆娑偃息超然於風

靖平公遺蹟

정평공유적 원본